relieur de reliure
au cahier C

Jaur 1911

Ye   4574

Falc 11566

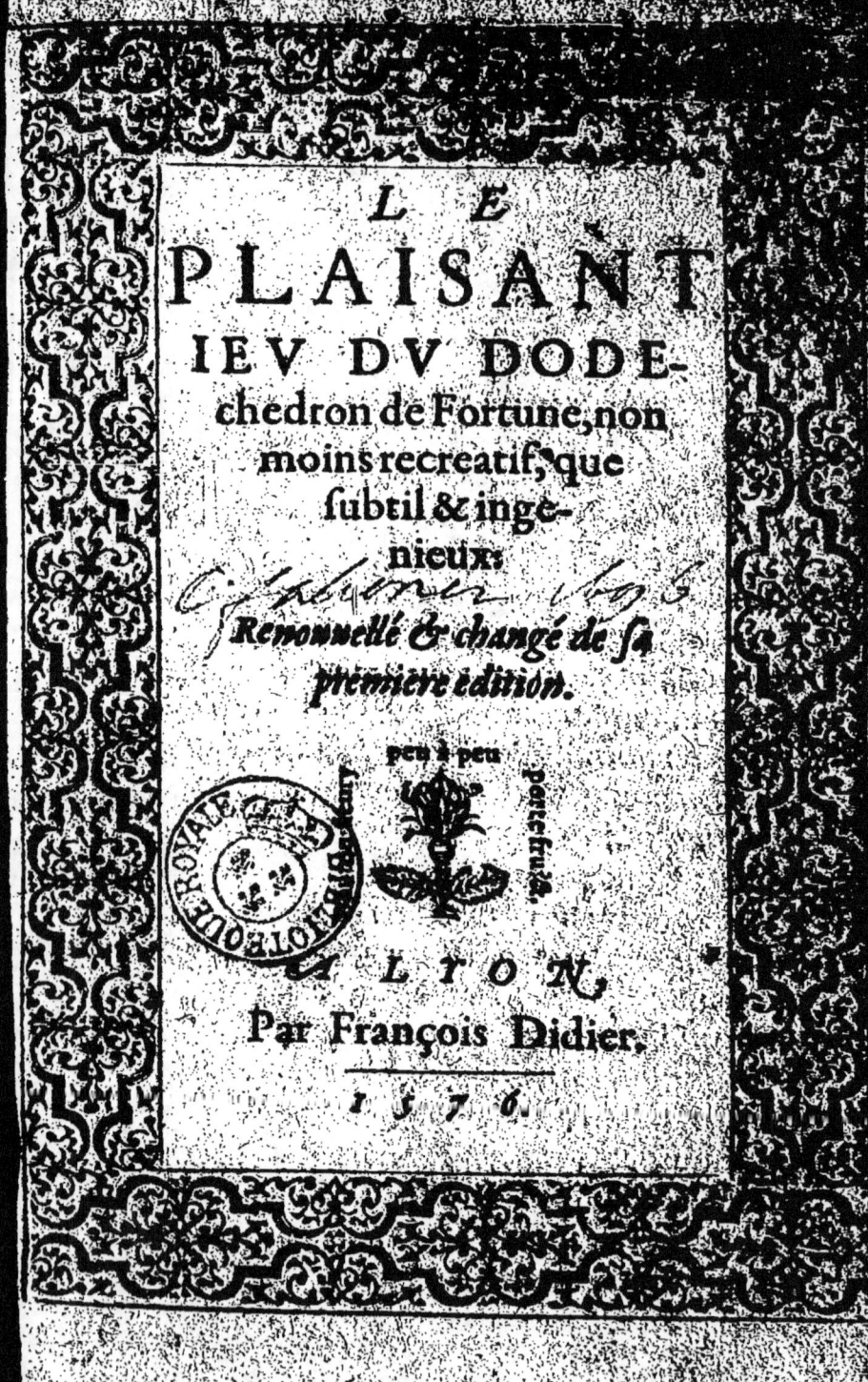

LE
PLAISANT
IEV DV DODE-
chedron de Fortune, non
moins recreatif, que
subtil & inge-
nieux:

Renouuellé & changé de sa
premiere edition.

peu à peu   parcstruis.

A LION,

Par François Didier.

1576.

plu
gles
feru
ma
bie
D'a
figu
pre
ble
les,
xan
foli
plu
tell
thin
ign

ADVERTISSEMÉNT

AV LECTEVR.

Ntre tous les ieux & paſſetemps de fortune, dont i'ay eu cognoiſſance, ceſtuy que iadis compoſa feu maiſtre Iean de Meun, excellent Poëte François, du temps du Roy Charles le Quint, eſt à mon iugement le plus ſubtil, & artificiel : car il y procede ſelon les reigles, & demóſtrations de l'Aſtrologie iudiciaire, obſeruant ſes effectz & proprietez aſſignees aux douze maiſons du ciel, faiſant ſes demádes & reſponſes tant bien à propos ſuyuát icelles, que rien n'y eſt à deſirer. D'auantage il prent pour l'inſtrumét de ſon ieu vne figure Geometrale appellee Dodechedron , fort propre & conuenable à ſon deſſein : car elle eſt ſemblablement compoſee de douze faces pentagones egalles, & contient vingt angles, ou carnes ſolides, & ſoixante plains, pource que trois plains y font vn angle ſolide. Ceſte figure a eſté eſtimee par les anciens la plus excellente & parfaicte de toute la Geometrie, tellement qu'ils l'ont accomparee à ceſte grande machine du ciel, la circonferéce duquel contient douze ſignes & douze maiſons, & eſt diuiſee en 360.degrez:

A 2

auffi le Dodechedron contient douze faces pentago-
nes, comme demonſtre la preſente figure.

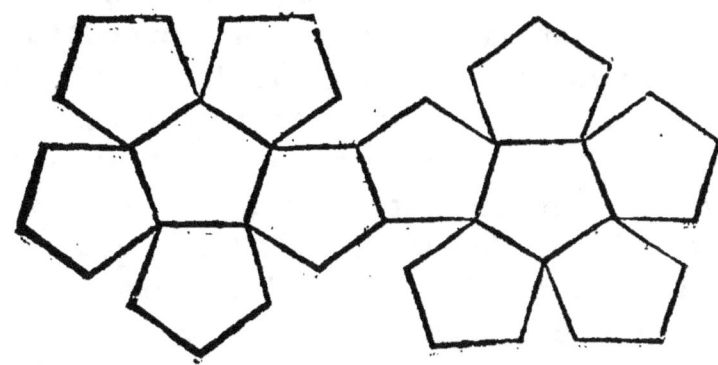

Puis en conioignant les coſtez enſemblement,&
raportant piéce contre piéce, compaſſeras facilement
ce corps geometrique appellé Dodecædron, ou Dodechedron, en ceſte forme

 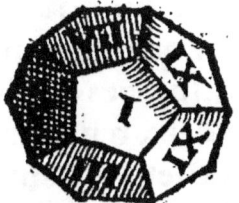

Mais pource que i'ay receu plainĉte d'aucuns,que
ce ieu ſelon ſa premiere edition, eſtoit trop difficile,
&faſcheux à comprendre, tant pour l'obſcurité de
la table,que des chiffres,& diuers nombres mal aiſez
à retenir, qui leur cauſoit à rencontrer le plus ſou-
uent vne reſponce eſtrange, & mal conuenable à
leur demande enquiſe, tellement qu'ils ſe degou-
ſtoyent du liure, ſe voyant fruſtrez du plaiſir qu'ils
eſperoyent en recueillir: Cela m'a eſmeu de le changer & renouueller en autre forme plus agreable &
facile, encore que ie ſoye bien informé, que tel qu'il
a eſté

a esté diuulgué cy deuant, il a neantmoins esté bien
receu, tant pour la subtile & ingenieuse inuention
d'iceluy, que pour la recreation qui s'en peut tirer,
si curieusement on y prend garde. Car toutes les
questions, & respôses y sôt si bien assises chacune en
son lieu, & la table en faict si certaine demôstration,
que si on faut à rencontrer responfe à propos, cela
procedera pluftoft du lecteur mal aduisé, que de la
disposition du liure. Donc pour satisfaire à vn chacun, i'ay aduisé de prédre les caracteres numeraux
les plus cômuns, & frequens à noftre vulgaire François, & delaisser les chiffres. Outre de faire deux tables, dont la premiere sera de lettres cômunes à com
mécer depuis A, iusques à M, pource que c'eft la dou
zieme lettre de l'alphabet, & que noz tables ne doy-
uét côtenir que douze feneftres en carré, qui reuien-
nent à cêt quarante quatre, & font tellemét lesdictes
lettres disposées & diuersifiées, qu'on n'y sçauroit
trouuer deux feneftres femblables. Mais en telle dif-
positiô de lettres, faut côfiderer trois chofes, pour entendre le secret de la table. La premiere, que chacune
des douze maifôs en son ordre, commence sur la fe-
neftre, en laquelle les lettres se rencontrent doubles
d'vne mefme figure, côme. b b. c c. d d. e e. f f. g g.
h h. i i. k k. l l. m m. Quant à la premiere maifon,
pource qu'elle denote le commencement de toutes
chofes, elle a tel priuilege, qu'elle & fes douze que-
ftiôs feront marquees de fimples lettres, comme a. b.
c. d. e. f. g. h. i. k. l. m. La feconde confideration eft,
que la lettre qui sera la premiere en chacune maifon,
fera femblablemét premiere en toutes fes feneftres,
enquoy on pourra facilement cognoiftre, ou font les

douze queſtions de telle maiſon, comme pour exemple, la feneſtre de f f, eſt l'indice de la ſixieme maiſon,
toutes ces queſtiõs ſerõt en la meſme ligne, en com-
mençant f f. pour la premiere. f g. la ſeconde, & con-
tinuãt. f h. f i. f k. f l. fm. fa. fb. fc. fd. fe. & ainſi des autres. La troiſieme cõſideration, eſt pour le regard des
reſpõſes: car tout ainſi qu'en toutes les queſtiõs la pre
miere lettre qui precede, demonſtre les douze queſtiõs d'vne maiſon, auſsi la lettre qui ſera ſubſequéte
celle qui denote la queſtiõ, ſecõdera en toutes les feneſtres ou ſe doyuent prédre les reſpõſes d'icelle queſtion, cõme pour exemple. La cinquieme maiſon eſt
en la feneſtre e e. La ſixieme demãde d'icelle maiſon
eſt en la feneſtre e k. toutes les reſponſes ordonnées
pour ceſte demande, ſeront és feneſtres ou k ſeconde
les autres lettres, cõme e k. fk. gk. & ainſi des autres:
& n'y a autre differéce, ſinõ que les reſpõſes ſe contét
en deſcendant contrebas en la meſme colonne, & les
demãdes ſont en la ligne droite, tirãt d'vn coſté à autre. Outre faut noter, qu'en ladite table chacune des
douze maiſons eſt par le haut gouuernee par l'vn des
douze ſignes du zodiacque, à ſauoir, la premiere par
le Moutõ, la ſecõde par le Toreau, la tierce par les Iu
meaux, & ainſi des autres. Et ſur les flancs ont pour
gouuerneũrs les ſept planettes, chacune deſquelles
gouuerne deux maiſons, fors le Soleil & la Lune, qui
ſont les deux grãs luminaires, qui ne gouuérnét que
chacun la ſienne. Voila l'induſtrie de ceſte premiere
table, l'vſage de laquelle ſera declairé cy apres. L'autre & ſeconde table eſt figuree en meſme ſymmetrie,
& proportiõ que la premiere, & contient autant de
feneſtres, mais en chacune d'icelles au lieu de lettres,

y a

y a vne espece particuliere des douze sortes de creatu
res, dont la perfectiõ de ce mõde est la plus enrichie
& decoree, & sont diuisees en douze colonnes, dont
les trois premieres sont dediees aux esprits, substan-
ces, & impressions celestes. Les autres neuf, aux ter-
restres, comme les hommes, femmes, oiseaux, ani-
maux, poissons, arbres, herbes, pierres & metaux, &
chacune d'icelles gouuerne douze responses totale-
ment diuerses, & a diuerses questions propres, selon
qu'en chacune page elles sont asignees, de sorte
qu'on y trouuera iusqu'au nombre de 1728. responses, comme on pourra voir en ensuyuant. Ou pour
sommairement entendre la practique, & vsage de ce
ieu de fortune, à fin d'en tirer plaisir, il faut prédre le
Dodechedron, dont cy dessus est fait mention : & en
defaut d'iceluy on se peut aider de deux dez cõmuns:
parce qu'en l'vn & en l'autre y a le nombre de douze:
& peuuent deux dez ramener autant de poincts, com
me le Dodechedron : toutesfois ie desirerois qu'on
eust le Dodechedron, s'il estoit possible : car outre
qu'il est plus commode, il a vne secrette proprieté in-
cogneuë, & ne faut douter qu'en telles & semblab-
les figures & caracteres, les anciens n'ayent trouué de merueilleux secrets cachez. Puis faut eslire des
questions celle qui viendra à plaisir, pour en auoir
response, laquelle trouuee faut regarder en quelle
maison elle est situee, sous quel nombre, & quelles
lettres, comme par exemple, si on veut sauoir

Si seras riche par nature,

Ou par art, ou par aduenture.

Ceste demande est proposee en la deuxieme maison,
en nombre cinquieme, & a pour lettres b f. parquoy

A 4

faut aller en la premiere table chercher b f. qui sont
en la sixieme colomne, sous le signe de la Vierge: puis
faut gester à l'aduenture le Dodechedron, ou à faute
d'iceluy deux dez cõmuns: & le nombre qui aduiendra, prenez que ce soit quatre au Dodechedron, ou
double deux aux dez. Commencez à compter vostre
nombre sur b f. pour vn, & en descendant en la
mesme colomne: c f. pour deux. d f. trois. e f. quatre, arrestez là, & regardez ce qui est escript sur. e f.
trouuerez ces motz, Va au papegay. Dont faut aller
en l'autre table chercher le papegay, lequel on trouuera en mesme endroict & situation que les lettres,
e f. à sçauoir, sous le signe de la Vierge, & au gouuernement de Mercure. Et dedans la fenestre de ce
papegay, on trouuera le nõbre de L X V. au moyen
dequoy faudra fueilleter les responses iusques à la
page du liure L X V. en laquelle on trouuera en teste
le papegay, & sous le mesme nombre, qui a esté rencontré au Dodechedron, ou aux dez, qui est de quatre, se trouueront ces deux vers:

Tu auras vn iour grand richesse
Par bon esprit, & par finesse.

Voila toute l'industrie & subtilité de ce ieu descouuerte: que si aucun y prend plaisir, il n'en doit
point abuser, ne en esperer aucune certitude. Car l'in
tention de l'autheur n'a esté sinon pour donner plaisir & passetemps, comme par la preface subsequente
on pourra plus amplement aperceuoir.

INTER VTRVMQVE.

PREFACE.

S I ce grand Dieu puiſſant tout preuoit,
predeſtine,
Preordonne & predit, conclud & de-
termine,
Si toute preſciéce à luy ſeul appartiét,
Ie m'esbahis comme l'homme ignare ſouſtient
Qu'il peut auoir par art (ou mieux outrecuidance)
Des choſes à venir parfaite cognoiſſance.

C'eſt le premier effort, l'acte preſomptueux
Qu'entreprit contre Dieu ceſt ange lumineux:
Se voulant faire egal à la diuinité,
Qui le rendit confus, au bas precipité
Auecques ſes conſors, par leur orgueil ſoubmis
A ſouffrir digne peine à leur peché commis.

Les hommes ont depuis ſuyui ceſte entrepriſe,
Cherchans par tous moyens de forger à leur guiſe
Cent mil inuentions, tant par art que nature,
Pour attaindre & ſauoir leur fatale aduenture:
Dont les malins eſprits, conſpirans leur ruyne,
Sont les premiers autheurs de leur fauſſe doctrine.
Fauſſe dire la puis, car à Dieu contredit,
A ſon commandement, ordonnance & edict.

Or le premier moyen ce fut idolatrie,
Et forger nouueaux dieux en chacune patrie,
Qui le peuple indiſcret abuſoyent tellement,
Que rien faire n'oſoyent ſans leur conſentement,
Sans premier enquerir de tous cas l'aduenture:
Dont la reſponce eſtoit quelquesfois ſi obſcure,
Qu'on ne pouuoit iuger de leur intention.
Cela fort esbranla leur diuination:

A ſ

Car les aucuns ayans le sentiment meilleur,
Autrepart ont cherché leur fortune & bon heur:
L'vn en l'air, l'autre au feu, l'autre en l'eau, l'autre en
    tetre:
L'vn au chant des oiseaux, l'autre en bois, herbe, ou
    pierre:
L'vn en philosophant aux crouppes des montagnes,
L'autre en se pourmenant par les vaux, & cāpagnes,
Sur l'incertain obiect de premiere rencontre
Estimoyent presçauoir leur bonne, ou male encôtre.

    Autres plus hautement voltigeans par les cieux,
Ont si bien descouuert cest entour spacieux,
Les mouuemens diuers des images celestes,
La puissance & vertu des astres & comettes,
Qu'ils osent soustenir que leur art, & science
Des choses à venir donne significance.

    Autres ont inuenté de sorts infinité,
Autres ont recherché sur la natiuité
De l'homme qui aura de le sauoir enuie,
La fortune & le cours de sa mortelle vie.

    Sur les lineamens de la chiromancie,
Ou sur les poincts douteux de la geomancie,
Aucuns ont estimé la cognoissance auoir
Du futur, du passé, & le present sauoir.

    Telles inuentions sont pure vanité,
Dont ce grand Dieu puissant est souuent irrité,
Quand l'homme outrecuidé par sa folle arrogance
Des hauts secrets de Dieu veut auoir cognoissance.

    Ie ne veux toutesfois tellement mespriser
Les sorts, que l'on n'en puisse aucunesfois vser.
Noz peres anciens (comme on trouue en maint lieu)
En ont souuent vsé, pour le vouloir de Dieu

               Enten

Entendre & descouurir sur la chose doubteuse.
La superstition trop vaine & curieuse
Est plus à mespriser, comme obseruer les iours,
Les heures & les mois, des estoilles le cours,
Croire que certains motz, caractere ou figure
Ont puissance & vertu iusqu'à forcer nature:
Car il faut estimer que tout cela prouient
Des esprits malins, ausquels l'homme conuient
Leur faisant paction d'infidele amitié:
Mais c'est leur damnement, si Dieu n'en a pitié.
 Or quant à mon dessein, tout ce que ie pretends
En ce liure ioyeux ce n'est que passetemps:
C'est pour donner plaisir & recreation,
Et croyez que l'autheur n'a autre intention.
C'est vn ieu de fortune, ou l'on ne peut mesprendre,
Aussi rien de certain on n'en doit point attendre.
 Pour donc faire sçauoir la maniere & comment
En ce ieu de fortune on prend esbatement,
Pour en tirer plaisir à l'esprit & au corps,
Faut penser que ce monde en discordans accors
Tousiours se perpetue, & dans ses creatures,
Se treuuent en effect de diuerses natures:
Mais douze i'en cognois qui d'estrange substance
Demonstrent bien auoir merueilleuse puissance.
 Les quatre angles du ciel, & les quatre elemens
Sur nature & fortune ont diuers mouuemens.
Ie voy que les esprits tiennent leur region,
Ie voy qu'en l'air se faict diuerse impression
Par gresle, pluye, & vent, par tonnerre, & tempeste,
Ie voy l'homme excellent dessus toute autre beste,
Ie voy que maint prophete, & que mainte sibylle
Des choses à venir si hautement babille.

              Le

Ie voy que les oiſeaux, les beſtes, & poiſſons,
Que les herbes des champs, les arbres, & buiſſons,
Les pierres, & metaux ont ſi grande puiſſance,
Que nul n'en peut iuger s'il n'en a cognoiſſance.
  Or de chacun i'ay pris douze des plus inſignes,
Pour mieux les accorder auec les douze ſignes,
Et les douze maiſons qui le ciel enuironnent,
Et qui d'heur & malheur la cognoiſſance donnent.
  Ce nõbre eſt tant parfait, que i'ay par ſa ſemblãce
Diſpoſé de ce ieu la forme & ordonnance:
Car en douze maiſons i'ay voulu diuiſer
Toutes les queſtions que i'ay peu aduiſer
Conformes aux effects & proprietez grandes
Des celeſtes maiſons par forme de demandes:
Dont chacune maiſon en a douze, & autant
Chacune demande ha de reſponſes: partant
Qui voudra rechercher ſa fortune en ce liure,
Doit bien ſoigneuſemét ceſte ordonnance enſuyure.
  En premier lieu il faut par les maiſons chercher
La queſtion qui plaiſe, & dú doit la toucher,
Conſiderant l'endroit, & le nombre, & la lettre
Que deſſus, & aux flans, i'ay voulu par tout mettre.
La ſeule lettre veuë, on aura droitement
Dans la table l'endroit, ou le commencement
De ceſte queſtion la reſponſe doit prendre:
Puis le Dodechedron que ie te veux apprendre,
Te donnera le nombre, & le lieu que tu quiers,
Pour trouuer la reſponſe à cela dont t'enquiers.
  Or le Dodechedron eſt vn dé fort eſtrange,
Qui en douze façons diuerſement ſe change,
Et toutesfois il eſt trezain en tous endroits.
Quand il eſt bien formé, & ſes poincts bien adroits,

Douze

Douze faces contient,& chacune cinq pointes
En forme pentagone,& quand elles font iointes
Subtilement enfemble , & en figure ronde,
Font vn corps trefparfait à la forme du monde:
Car il a douze poincts au lieu de douze fignes,
Si on le fubdiuife en fcalenes infignes,
Autant il en aura que l'entour fpacieux
Peut auoir de degrez de la maffe des cieux.
  Pren donc ce dé parfait,& iette à l'aduenture,
Et le nombre retien que monftre fa pointure:
Puis retourne à la table à l'endroit de la lettre,
Ou cy deuant t'ay dit,qu'il falloit le doigt mettre:
Et d'icelle commence à conter iufques à ce
Qu'en defcendant en bas,trouues l'endroit & place,
Ou ton nombre finift,& là deffus t'arrefte,
Regardant la colonne,& quel figne y fait tefte:
Le Mouton,ou Taureau:la Vierge,ou le Lyon:
Les Iumeaux , ou Poiffons:le Cancre,ou Scorpion:
Puis va en l'autre table & en femblable endroit,
Garde bien d'y faillir, car il faut aller droit,
Trouueras quelque efprit,hôme , femme , ou oifeau,
Quelq befte, ou poiffô,bois, pierre, herbe,ou metau
Lequel t'enfeignera (fans faire faute aucune)
La page & le fueillet ou fera ta fortune,
Dont le nombre du dé grandement t'aidera
Pour trouuer la refponfe où il te guidera:
Car au mefme fueillet le nombre trouueras
Tel qu'il eftoit au dé,& en ce lieu auras
La refponfe à propos de ta fortune enquife.
Si la refponfe eft bonne,ou vient mal à ta guife,
N'en foye pas pourtant ou fafché,ou ioyeux,
Et n'en imprime rien pour eftre pis, ou mieux.
  Pour encor mieux entendre,& la practique auoir

De ce ieu de plaifir,pren que tu veux fçauoir
Si de t'amie auras toft ou tard iouyffance:
Voy l'vnzieme maifon,tu auras coguoiffance
Que cefte queftion en fon ordre y eft la,
Sous le nombre de 111.& les lettres , L A:
Puis va t'en au tableau qui de lettres eft fait,
Pour tes lettres chercher,lefquelles en effect
Trouueras en leur lieu fous le Mouton affifes,
A l'endroit de Venus fort bien à propos mifes:
Puis ietteras le dé pour le nombre en tirer.
Or pren qu'il vienne 1 x,te faudra retirer
Vers tes lettres, L A,& commencerfur elles:
Vn,deux,en defcendant la colonne d'icelles:
Et pource qu'il finift,foudain retourner faut
En la mefme colonne,& conter par le haut
En defcédant trois,quatre, & iufques à ton nombre,
Que trouueras au lieu,ou la Lune fait vmbre
Sur les lettres,G A,dont l'endroit noteras:
Puis à l'autre tableau qui enfuit chercheras
Le lieu & mefme endroit,ou la Lune rayonne
Au figne du Mouton la premiere colonne.
Lors l'angle de la mer en ceft endroit fera,
Qui le nombre de v 1 1.foudain prefentera:
Parquoy te faut aller en la page feptieme
De ce liure ioyeux,ou fous le nombre mefme
Qu'as rencontré au dé,qui eft 1 x,trouueras
Cefte gaye refponfe, ou grand plaifir auras,
     De celle qu'as voulu choifir
     Tu iouyras à ton plaifir.
Ainfi facilement prendras esbatement
En ce liure ioyeux à ton contentement.
       F I N.
   INTER VTRVMQVE.

AV SEIGNEVR DECOVRLAY

Conf. Not. & Secretaire du Roy,
& contrerolleur de sa
Chancellerie.

SVr tous les ieux de fortune muable
Ie prise fort ce passetemps ioyeux,
Tant plus le voy, plus en suis curieux,
Et plus le trouue à mon gré delectable.
Si la response est par fois veritable,
Ne veux pourtant l'estimer pis ne mieux:
Car seulement le trait ingenieux
En est subtil, plaisant & agreable.
Mais encor mieux par tout sera receu,
Quand on aura cy dedans apperceu,
Que ta faueur l'a faict mettre en lumiere.
Lors cessera des enuieux l'esfort,
Lors se taira en voyant tel support
A mal parler la langue coustumiere.

R. VIVIEN SECRET. D. R.
A. Franc. Gru. R.

SI Homere s'est pleu en ses Ratz, & Grenoilles,
Lucian en sa Mouche, & en son Asne Apulle,
Erasme en l'Escarbot, en ses Amours Catulle,
Vn autre à composer le liure des Quenoilles:
Vouldrois tu bien penser que ce petit subiet
Soit indigne du tout d'honorer vn Gruget?

LA
DESCRIPTION DE
LA PREMIERE
maison, appellée

L'ANGLE D'ORIENT.

La premiere maison se nomme
L'angle d'Orient, qui à l'homme
Donne premier commencement,
Tant de la vie qu'autrement:
Et signifie à la personne
Tout ce que nature luy donne,
Tant par dehors que par dedans,
Et les naturelz accidens,
Soit pour l'esprit, meurs, ou langage,
Ou pour commencer quelque ouurage,
Dont responce auras par deduict
Sur la demande qui s'ensuit.

Si

i.
ii.
iii.
iiii.
v.
vi.
vii.
iii.
ix.
x.
i.
ii.

i.	S I nature au ieune enfãt dõne Qu'il ſoit de cõplexion bõne.	a	Cõmen- cement de vie.
ii.	Si l'enfant naturellement Doit viure en ſanté longuement.	b	
iii.	S'il aura bon ſens & memoire, Et vn eſprit digne de gloire.	c	Preſages de ieu- neſſe.
iiii.	S'il aura beau langaige & dous Pour conuerſer auecques tous.	d	
v.	Quels eſtatz luy ſeront meilleurs, Ou d'eſtre à l'eſtude ou ailleurs.	e	Inclina- tion natu- relle.
vi.	Quell' ſcience, s'il veut apprendre, Luy ſera plus propre à comprendre.	f	
vii.	S'il ne veut entendre à la lettre, A quel art on le pourra mettre.	g	
viii.	S'aucun qui penſe en general, Penſe en ſon cœur ou bien ou mal.	h	Des pen- ſees & co- gitatiõs.
ix.	Si autre choſe on dit de bouche, Que ce qu'on pẽſe, & au cœur touche.	i	
x.	Si ce qu'on penſe aura effect, Et en quelque temps ſera faict.	k	
xi.	Si pour quelque œuure encõmencer Faict bon tarder, ou s'auancer.	l	Cõmen- cemens deuures.
xii.	Si ce qui commencé ſera, Finablement ſe parfera.	m	

B

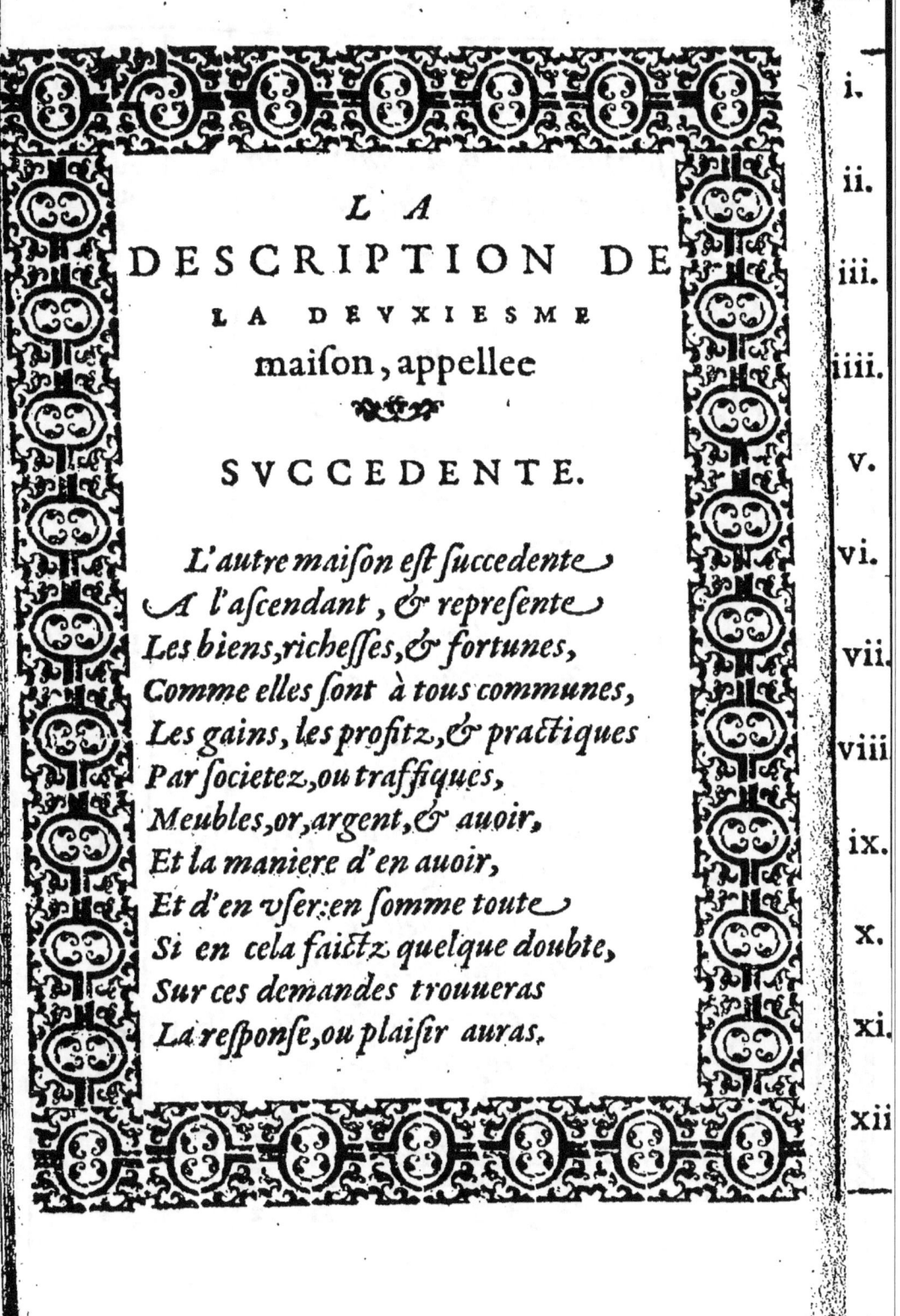

LA
DESCRIPTION DE
LA DEVXIESME
maison, appellee

SVCCEDENTE.

L'autre maiſon eſt ſuccedente
A l'aſcendant, & repreſente
Les biens, richeſſes, & fortunes,
Comme elles ſont à tous communes,
Les gains, les profitz, & practiques
Par ſocietez, ou traffiques,
Meubles, or, argent, & auoir,
Et la maniere d'en auoir,
Et d'en vſer: en ſomme toute
Si en cela faictz quelque doubte,
Sur ces demandes trouueras
La reſponſe, ou plaiſir auras.

i.

ii.

iii.

iiii.

v.

vi.

vii.

viii

ix.

x.

xi.

xii

i.	SI aucun selon qu'il fut né / Sera bien ou mal fortuné.	b b	De la r̄ turelle i clinatio à fortun ou info tune.
ii.	S'il se pourra quelque temps veoir / Grans biens & grand richesse auoir.	b c	
iii.	Comment & quel moyen prendra / Celuy qui riche estre voudra.	b d	Des r chesses.
iiii.	Si tu acquerras grand richesse / Dés ton ieune aage, ou en vieillesse.	b e	
v.	Si seras riche par nature, / Ou par art, ou par aduenture.	b f	
vi.	S'aucun aura comme il entend / Tout ce qu'il espere ou attend.	b g	De l'e poir & a tente.
vii.	S'aucun d'enrichir curieux / Aura sur luy force enuieux.	b h	
viii.	S'il aura perte, ou gaignera / Au faict ou il s'appliquera.	b i	
ix.	S'aucun qui a faict quelque prest / Le r'aura à son besoing prest.	b k	Du prei & debtc
x.	Si vn debteur en quelque temps / Rendra ses crediteurs contens.	b l	
xi.	S'aucun qui est ou sera riche, / Sera liberal, ou trop chiche.	b m	De libe ralité.
xii.	En quoy le bien qu'il obtiendra / Plus volontiers le despendra.	b a	

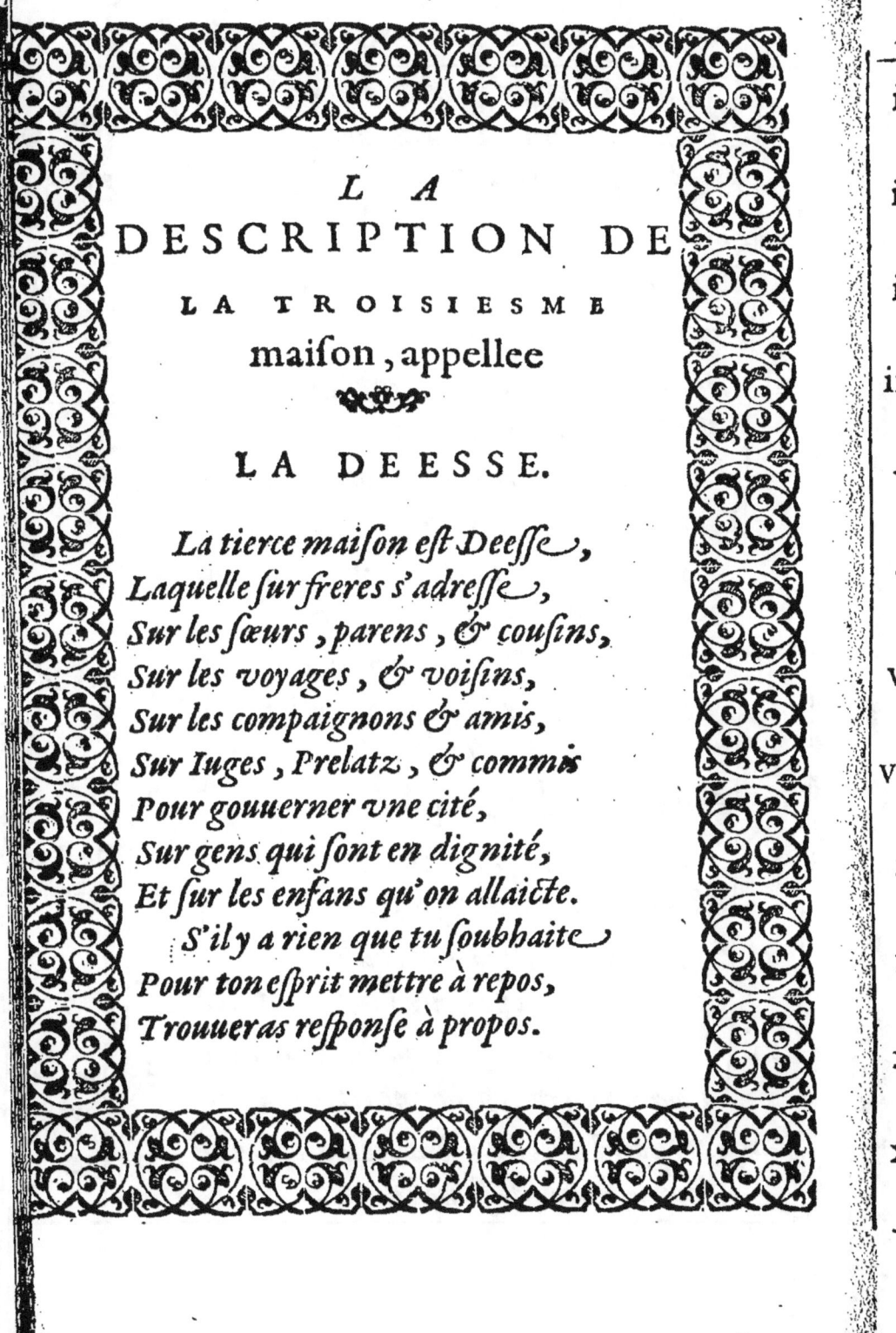

LA
DESCRIPTION DE
LA TROISIESME
maison, appellee

LA DEESSE.

La tierce maison est Deesse,
Laquelle sur freres s'adresse,
Sur les sœurs, parens, & cousins,
Sur les voyages, & voisins,
Sur les compaignons & amis,
Sur Iuges, Prelatz, & commis
Pour gouuerner vne cité,
Sur gens qui sont en dignité,
Et sur les enfans qu'on allaicte.
S'il y a rien que tu soubhaite
Pour ton esprit mettre à repos,
Trouueras response à propos.

i.	SI deux freres s'entr'aymeront, Ou comment ilz s'accorderont.	c c	Signifi tion les frer
ii.	Lequel des deux freres doit viure Plus longuement sain, & deliure.	c d	
iii.	Lequel de l'vn & l'autre frere Aura fortune plus prospere.	c e	
iiii.	Celuy qu'on tient à compagnon S'il est amy fidele, ou non.	c f	De la so cieté compa
v.	Si c'est chose mauuaise ou bonne D'accompagner vne personne.	c g	pagnie.
vi.	S'il est bon de partir pour l'heure En compagnie, ou qu'on demeure.	c h	
vii.	Si le iuge est saige & propice Pour faire à tous droict & iustice.	c i	Des iu- ges.
viii.	Si ce iuge sera blasmé, Et du peuple hay, ou aymé.	c k	
ix.	Si le prelat d'vne cité Est bon pour telle dignité.	c l	Des Pre latz.
x.	S'il gouuernera son eglise Comme vn bon pasteur sans faintise.	c m	
xi.	Si le ieune enfant qu'on allaicte A bonne mere, & bonne tette.	c a	Des en fans qu on allai
xii.	Quand le temps sera bien propice Pour le seurer de sa nourrice.	c b	cte.

LA
DESCRIPTION DE
LA QVATRIESME
maison, appellee

❦

L'ANGLE DE LA TERRE.

La quatre est l'angle de la terre,
Qui fait aux vieux peres la guerre:
Sur leur vie, & successions,
Leurs maisons, & possessions,
Prez, bois, vignes, & labourages,
Fruicts de la terre, & heritages.
Outre s'estend sur les tresors
Mussez dedans terre, ou dehors:
Sur les secretz, & fondemens
Qu'on ne voit point desbastimens.
De cela, & chose semblable
Tu auras response notable.

i.
ii.
iii.
iiii
v
vi.
vii
viii
ix
x.
xi
xi

i.	A Quelle fin, soit malle ou bonne, Viendra la chose à la personne.	d d	De l'euenement d'vne chose.
ii.	Si celuy qui en a le nom Est de l'enfant vray pere ou non.	d e	
iii.	S'vn pere naturellement Doit gueres viure, ou longuement.	d f	Vie des peres.
iiii.	S'on aura grands possessions Par acquest, ou successions.	d g	Successions.
v.	Si on aura planté de biens En ceste annee, ou peu, ou riens.	d h	De la fertilité de l'annee.
vi.	De quelz fruictz peu ou quantité: Quelz à bon pris, ou grand cherté.	d i	
vii.	Si le temps est bon & propice Pour commencer vn edifice.	d k	Cômencemens d'edifices.
viii.	Si l'edifice desia faict Est bien fondé, & bien parfaict.	d l	
ix.	Si ce qu'on veut encommencer Se doit poursuyr, ou delaisser.	d m	
x.	Si au lieu qu'on pense vn tresor Estre caché, y est encor.	d a	Des tresors cachez.
xi.	Si le tresor se trouuera, Et en quel endroit il sera.	d b	
xii.	Si ce qu'on veut estre celé Sera point sceu, & reuelé.	d c	Du secret.

LA
DESCRIPTION DE
LA CINQVIESME
maison, appellee

❧

BONNE FORTVNE.

L'autre maison faict bon visage
A ceux qui sont en mariage,
Et declaire s'ils sont habilles
D'auoir enfans, ou fils, ou filles.
Plus signifie brauetez,
Les ieux, plaisirs, & voluptez.
Pour ceste cause en ces quartiers
Venus seiourne volontiers.
Plus les missiues & nouuelles,
Et messagers s'ils sont fidelles,
Ceste maison est opportune
Pour rencontrer bonne fortune.

i.	S'Iceux qui font en mariage, Auront enfans en leur mefnage.	e e	De l'eftat des mariez, s'ils auront enfans, ou non.
ii.	S'ilz ne peuuent y paruenir, Auquel des deux il peut tenir.	e f	
iii.	Si la dame eft groffe & enceincte, Pour verité, ou fi c'eft feincte.	e g	A qui il tient.
iiii.	S'elle doit filz, ou fille auoir, On le pourra icy fçauoir.	e h	Si la dame eft groffe.
v.	Si l'enfant mafle aura defir Suyure vertu ou fon plaifir.	e i	Qu'elle aura.
vi.	Et la fille deuotion Au monde, ou à religion.	e k	De la naturelle inclination de l'enfant.
vii.	A quel ieu pour contentement Sera bon prendre esbatement.	e l	Des ieux
viii.	Si le meffagier (quant à foy) Eft loyal, & de bonne foy.	e m	Des meffagiers, & de leur fidelité.
ix.	Si le meffagier parfera, Ce qui enchargé luy fera.	e a	
x.	Si ce qu'on raporte eft croyable, Et la nouuelle veritable.	e b	Des nouuelles.
xi.	Ce qu'vne lettre en general Contient, fi c'eft, ou bien, ou mál.	e c	Des miffiues.
xii.	S'il fera bon en profe ou metre, D'efcrire à s'amye vne lettre.	e d	

B 5

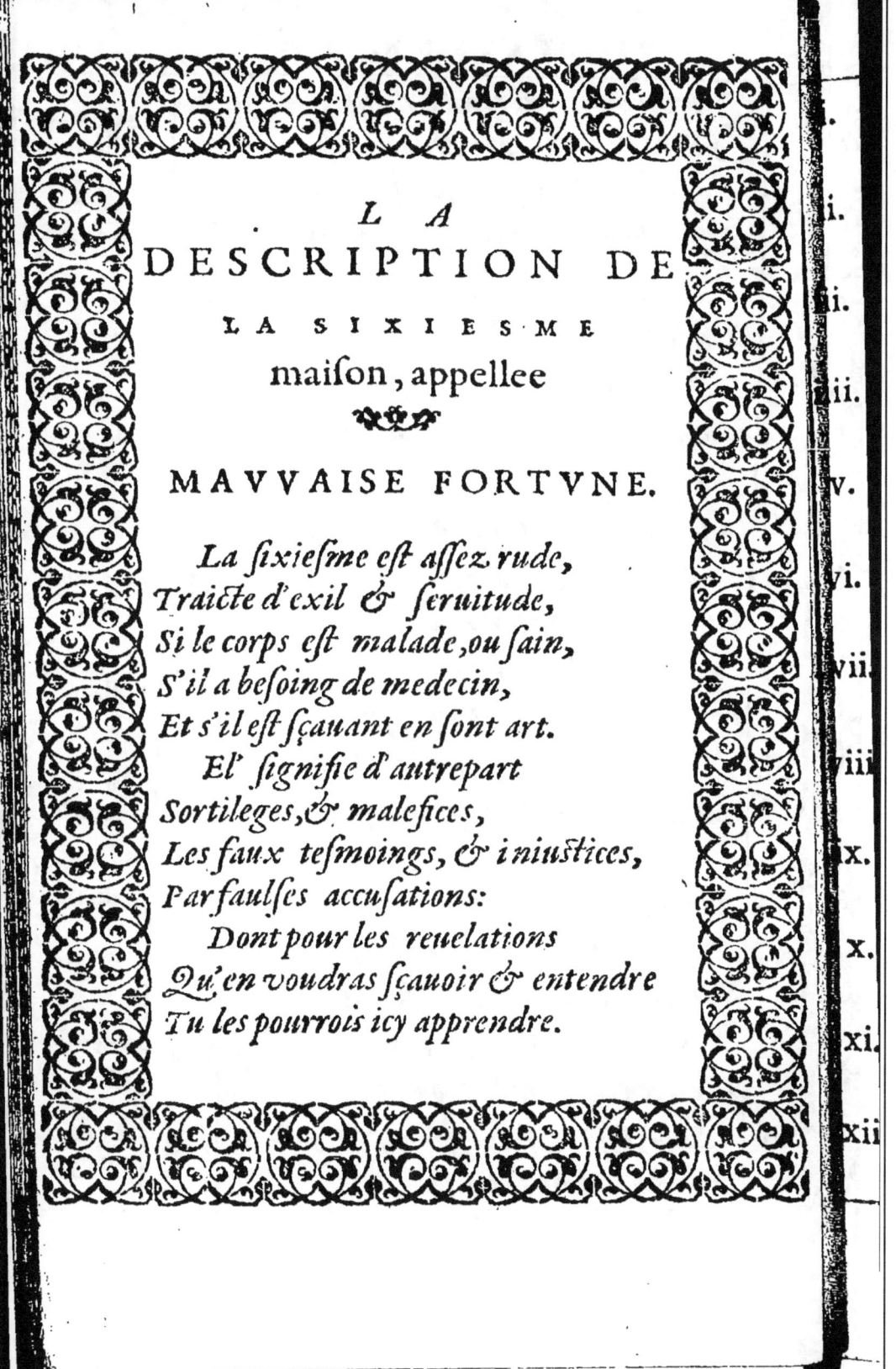

LA
DESCRIPTION DE
LA SIXIESME
maison, appellee

MAVVAISE FORTVNE.

La sixiesme est assez rude,
Traicte d'exil & seruitude,
Si le corps est malade, ou sain,
S'il a besoing de medecin,
Et s'il est sçauant en sont art.
El' signifie d'autrepart
Sortileges, & malefices,
Les faux tesmoings, & iniustices,
Par faulses accusations:
Dont pour les reuelations
Qu'en voudras sçauoir & entendre
Tu les pourrois icy apprendre.

i.	SI vn banny, d'estatz demis, Sera rappellé, & remis.	f ſ	Des ban- niſſemés.
ii.	Si vn enfant aura ceſt heur D'eſtre homme libre ou ſeruiteur.	f g	Des ſer- uitudes.
iii.	Si le ſeruiteur eſt feal, Et à ſon maiſtre bien loyal.	f h	
iiii.	S'il eſt bon de ſeruiteur prendre, Et auſquelz pluſtoſt on doit tendre.	f i	
v.	Si pour ſeruir & loyal eſtre, Le ſeruiteur deuiendra maiſtre.	f k	
vi.	Si le malade guarira, Ou comment de ſon mal ira.	f l	Des ma- lades.
vii.	Si la maladie ſera Fort longue, ou bien toſt ceſſera.	f m	De la ma ladie.
viii.	Si le medecin qu'on applique A de la ſcience, & practique.	f a	Du me- decin.
ix.	S'aucun pour ſa repletion A beſoin de purgation.	f b	De la me decine.
x.	Ce que le medecin ordonne, S'il ſera bon pour la perſonne.	f c	
xi.	Si celle, ou cil qui a le nom D'eſtre enſorcelé, l'eſt ou non.	f d	Sortile- ges.
xii.	Si cil qui teſmoigne, ou diſpoſe Dira verité de la choſe.	f e	Teſmoi- gnage.

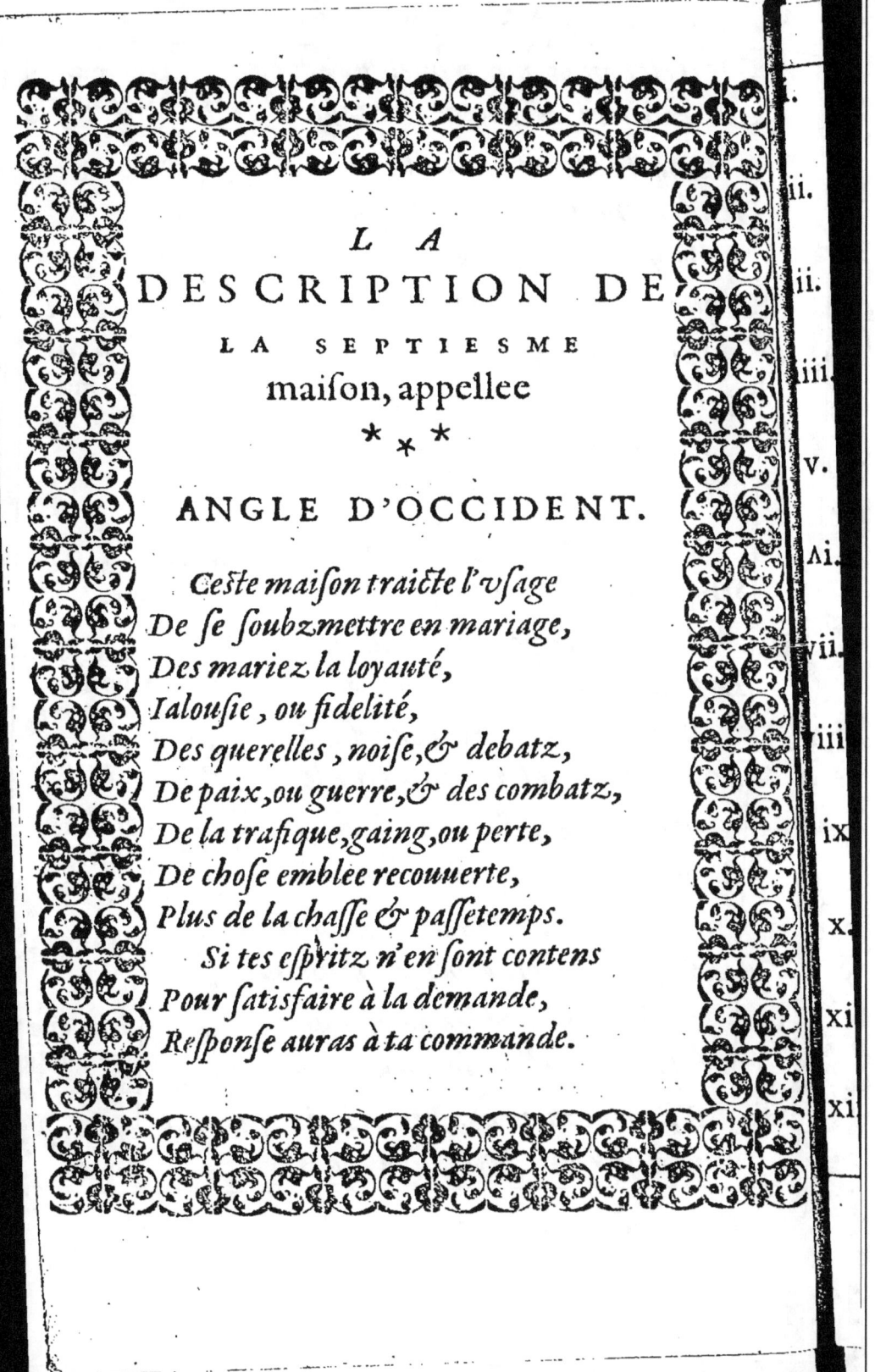

LA
DESCRIPTION DE
LA SEPTIESME
maison, appellee
* * *

ANGLE D'OCCIDENT.

Ceste maison traicte l'usage
De se soubzmettre en mariage,
Des mariez la loyauté,
Ialousie, ou fidelité,
Des querelles, noise, & debatz,
De paix, ou guerre, & des combatz,
De la trafique, gaing, ou perte,
De chose emblee recouuerte,
Plus de la chasse & passetemps.
Si tes espritz n'en sont contens
Pour satisfaire à la demande,
Response auras à ta commande.

ii.
ii.
iiii.
v.
Ai.
vii.
viii
ix
x.
xi
xi

i.	S'Il eſt bon, ou nõ, en quelque aage, Se mettre au ioug de mariage.	g g	Des mariages.
ii.	Lequel te ſera plus vtile, Prendre vne veufue, ou vne fille.	g h	
iii.	Si on aura en mariage Ce que l'on aime en ſon courage.	g i	
iiii.	Si les mariez (quant à ſoy) Sont loyaux, & de bonne foy.	g k	Loyauté des mariez.
v.	Celuy que ialouſie eſprent, S'il en a cauſe, ou s'il meſprent.	g l	
vi.	Si vn enfant de gentil nom, Sera preux aux armes, ou non.	g m	Des armes.
vii.	Si l'on aura pour ceſte annee La paix, ou guerre fortunee.	g a	Paix, ou guerre.
viii.	Si la guerre qui renouuelle Sera briefue, ou longue & cruelle.	g b	
ix	Des deux qui ont noiſe & debat, Lequel doit gaigner au combat.	g c	Des combats.
x.	S'il fait maintenant bon entendre A grand' choſe achepter, ou vendre.	g d	Trafique
xi.	Si la choſe emblee, ou perdue Sera retrouuee, ou rendue.	g e	Des choſes perdues.
xii.	S'il vaut mieux voller aux riuages, Ou chaſſer aux beſtes ſauuages.	g f	De la chaſſe.

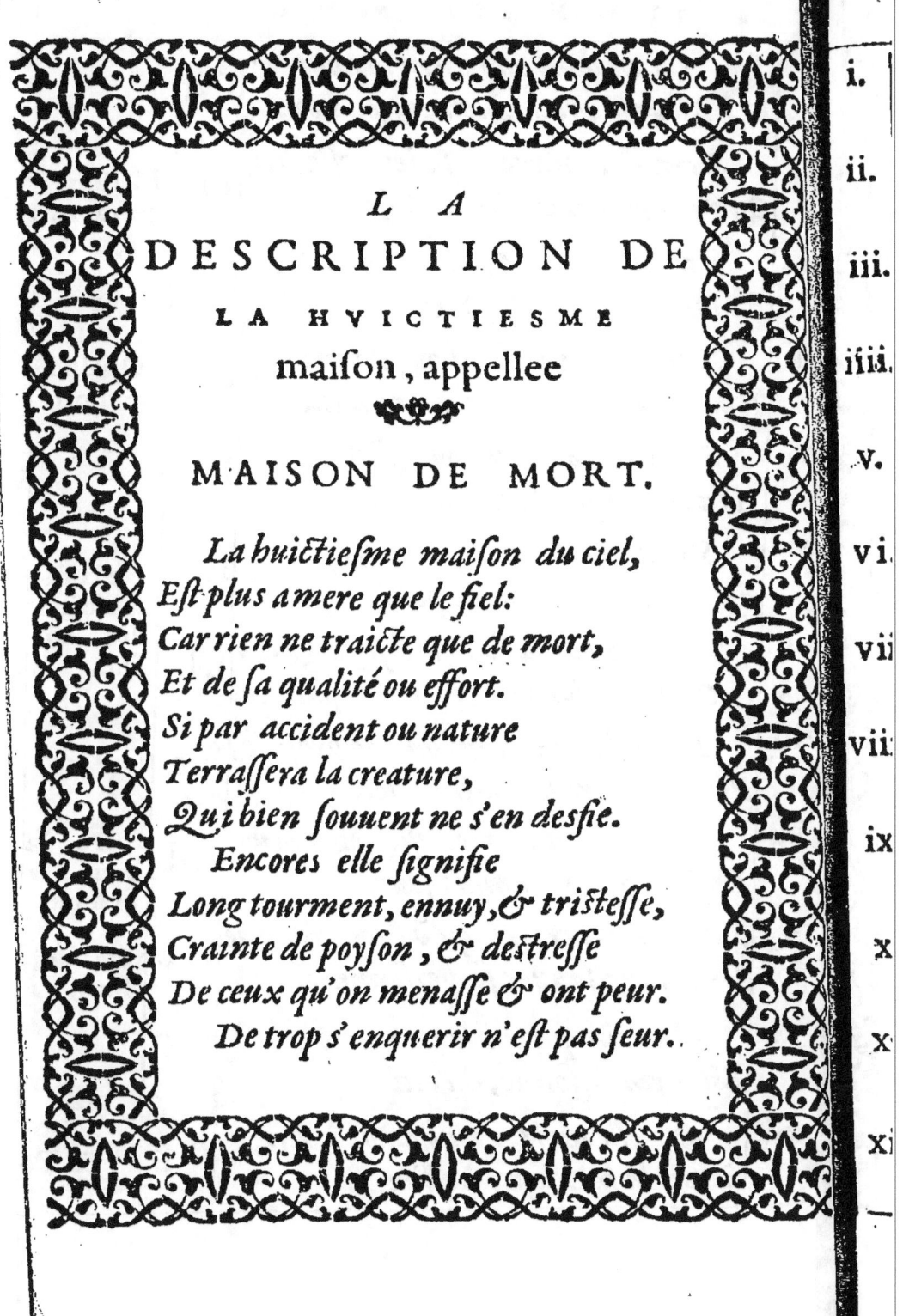

LA DESCRIPTION DE
LA HVICTIESME
maison, appellee

❧

MAISON DE MORT.

La huictiesme maison du ciel,
Est plus amere que le fiel:
Car rien ne traicte que de mort,
Et de sa qualité ou effort.
Si par accident ou nature
Terrassera la creature,
Qui bien souuent ne s'en desfie.
Encores elle signifie
Long tourment, ennuy, & tristesse,
Crainte de poyson, & destresse
De ceux qu'on menasse & ont peur.
De trop s'enquerir n'est pas seur.

i.
ii.
iii.
iiii.
v.
vi.
vii.
vii.
ix.
x.
x.
xi.

i.	S'Aucun dont on retient le nom Mourra prochainement, ou non.	h h	
ii.	S'aucun mourra en sa ieunesse, Ou s'il paruiendra à vieillesse.	h i	Maison de mort.
iii.	S'aucun mourra, ou tost, ou tard, En son pays, ou autre part.	h k	
iiii.	Si par guerre, assaut ou fortune, Il mourra, ou de mort commune.	h l	Qualité de mort.
v.	S'aucun par exces, ou effort, Aduancera son temps de mort.	h m	
vi.	S'aucun absent, ou en exil, Est vif, ou mort, ou en peril.	h a	De la dis- position des ab- sens.
vii.	S'aucū mourra sãs qu'il se faigne Au lict d'hōneur & en campaigne.	h b	
viii.	Lequel de ceux qu'on me propose, Premier aura la bouche close.	h c	
ix.	S'aucun qu'on menasse, ou a peur, En sera tost, ou iamais seur.	h d	De la peur & crainte.
x.	S'aucun qui craint qu'ō l'empoisonne En pourra sauuer sa personne.	h e	Des poi- sons.
xi.	S'aucun qui cuide en verité Estre empoisonné, l'a esté.	h f	
xii.	Quelle mort, s'on l'auoit à dire, Seroit la meilleure à eslire.	h g	Election de mort.

LA
DESCRIPTION DE
LA NEVFIESME
maison, appellee

❧❀❧

MAISON DE DIEV.

La neufiesme selon les sages
Traicte des longs pelerinages,
Et chemins de deuotion,
Foy, Iustice, & Religion,
Sapience & Philosophie.
Encores elle signifie
Songes & deuinations,
Et les significations
Des prodiges & nouueaux signes,
Et des punitions diuines,
Qui souuent mettent en soucy,
Mais tu les apprendras icy.

i.
ii.
iii.
iiii.
v.
vi.
vii.
viii.
ix.
x.
xi.
xii

i.	SI le chemin empris à faire Se pourra sans danger parfaire.	i i	Voyages & longs pelerinages.
ii.	Si la nef qu'on desire fort Viendra arriuer à bon port.	i k	
iii.	S'aucun du voyage entrepris Reuiendra sans estre surpris.	i l	
iiii.	Si quelqu'vn est propre & idoine Pour estre faict & rendu moine.	i m	Des religions.
v.	Si la fille dont on deuise Doibt estre en religion mise.	i a	
vi.	S'aucun qu'on pense sainct hermite Est tel qu'il semble, ou hypocrite.	i b	Hipocrisie.
vii.	Si quelqu'vn est de bonne indole Pour apprendre & mettre à l'escolle.	i c	
viii.	Si l'on doit attendre d'vn songe Que soit verité, ou mensonge.	i d	Significa-tion des songes.
ix.	Si de ton songe ce n'est rien, Ou s'il denote mal ou bien.	i e	
x.	Si le presage ou l'on se fie Quelque bien, ou mal signifie.	i f	Des pre-sages.
xi.	Si d'vn faict la vraye action Sçauras par diuination.	i g	Diuina-tion.
xii.	Si nous pourrons à iamais voir Iustice & paix leur regne auoir.	i h	Iustice & paix.

C

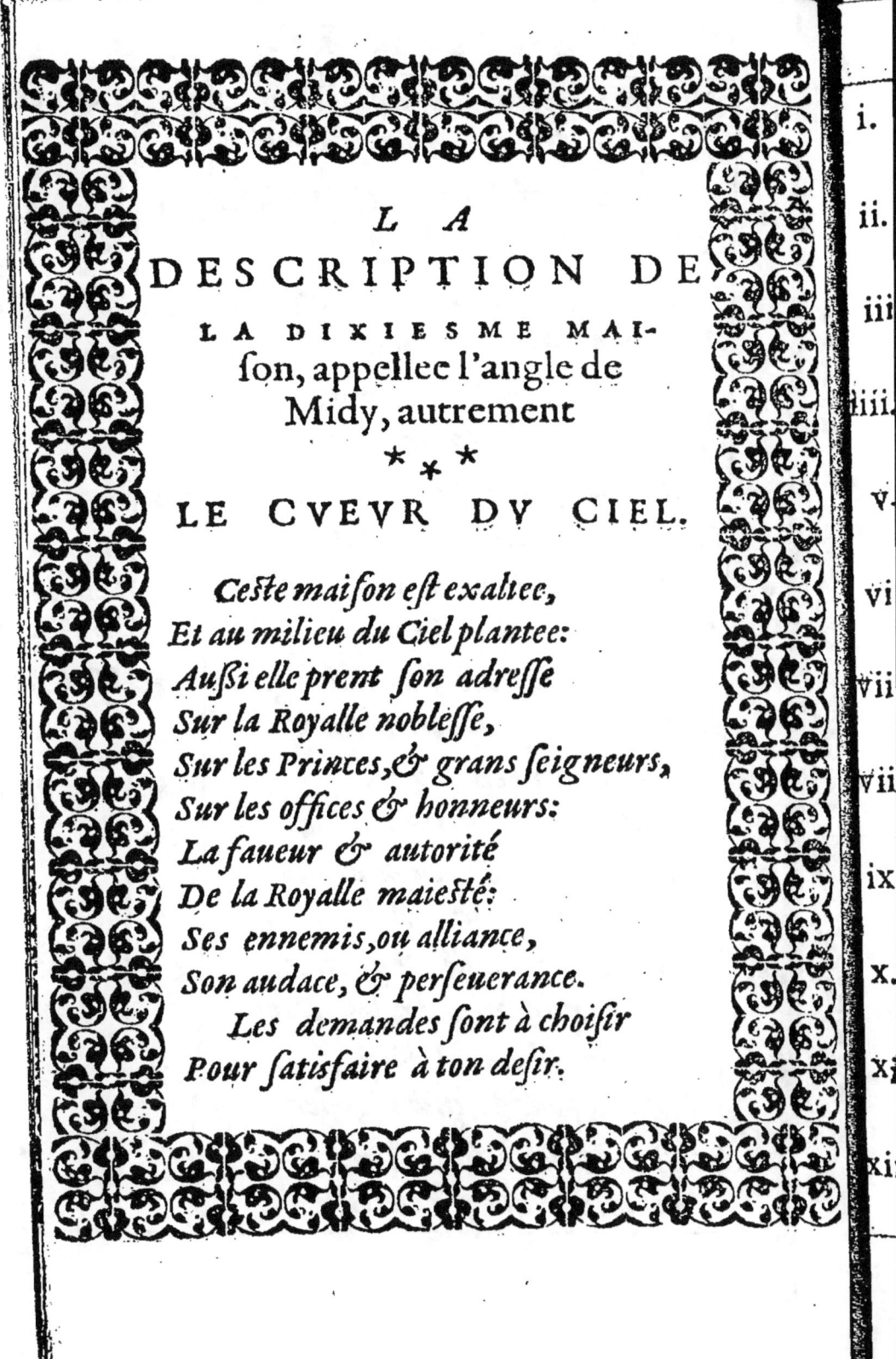

LA
DESCRIPTION DE

LA DIXIESME MAI-
son, appellee l'angle de
Midy, autrement
* * *
LE CVEVR DV CIEL.

Ceste maison est exaltee,
Et au milieu du Ciel plantee:
Aussi elle prent son adresse
Sur la Royalle noblesse,
Sur les Princes, & grans seigneurs,
Sur les offices & honneurs:
La faueur & autorité
De la Royalle maiesté:
Ses ennemis, ou alliance,
Son audace, & perseuerance.
Les demandes sont à choisir
Pour satisfaire à ton desir.

i.

ii.

iii.

iiii.

v.

vi.

vii.

vii.

ix.

x.

xi.

xi.

i.	S' *Aucun pourra comme il defire* *Attaindre à l'hŏneur qu'il aſpire.*	k k	Des hō neurs.
ii.	*Si l'heure & le temps eſt propice* *Pour demander aucun office.*	k l	Pourſui- te d'offi- ces.
iii.	*S'on acquerra biens & honneurs* *Au propre pays, ou ailleurs.*	k m	
iiii.	*Si toſt, ou tard, à l'aduenir,* *On doibt aux honneurs paruenir.*	k a	
v.	*S'aucun pourra par bien ouurer* *Son honneur perdu recouurer.*	k b	
vi.	*S'il eſt à preſent bon ou mal* *D'entrer en ſeruice Royal.*	k c	Seruice Royal.
vii.	*S'vn Roy, ou prince, ou grād ſeigneur* *Regnera long temps en honneur.*	k d	Eſtat du Roy.
viii.	*S'il regnera en equité,* *Et en iuſtice, & verité.*	k e	
ix.	*S'il ſera de ſon peuple aymé,* *Ou en danger d'eſtre blaſmé.*	k f	
x.	*S'il ſera trauaillé de guerres,* *Ou s'il tiendra en paix ſes terres.*	k g	
xi.	*S'il ſera liberal de biens,* *Et preux pour defendre les ſiens.*	k h	
xii.	*Si vn Roy par ſucceſſion,* *Vaut mieux que par election.*	k i	

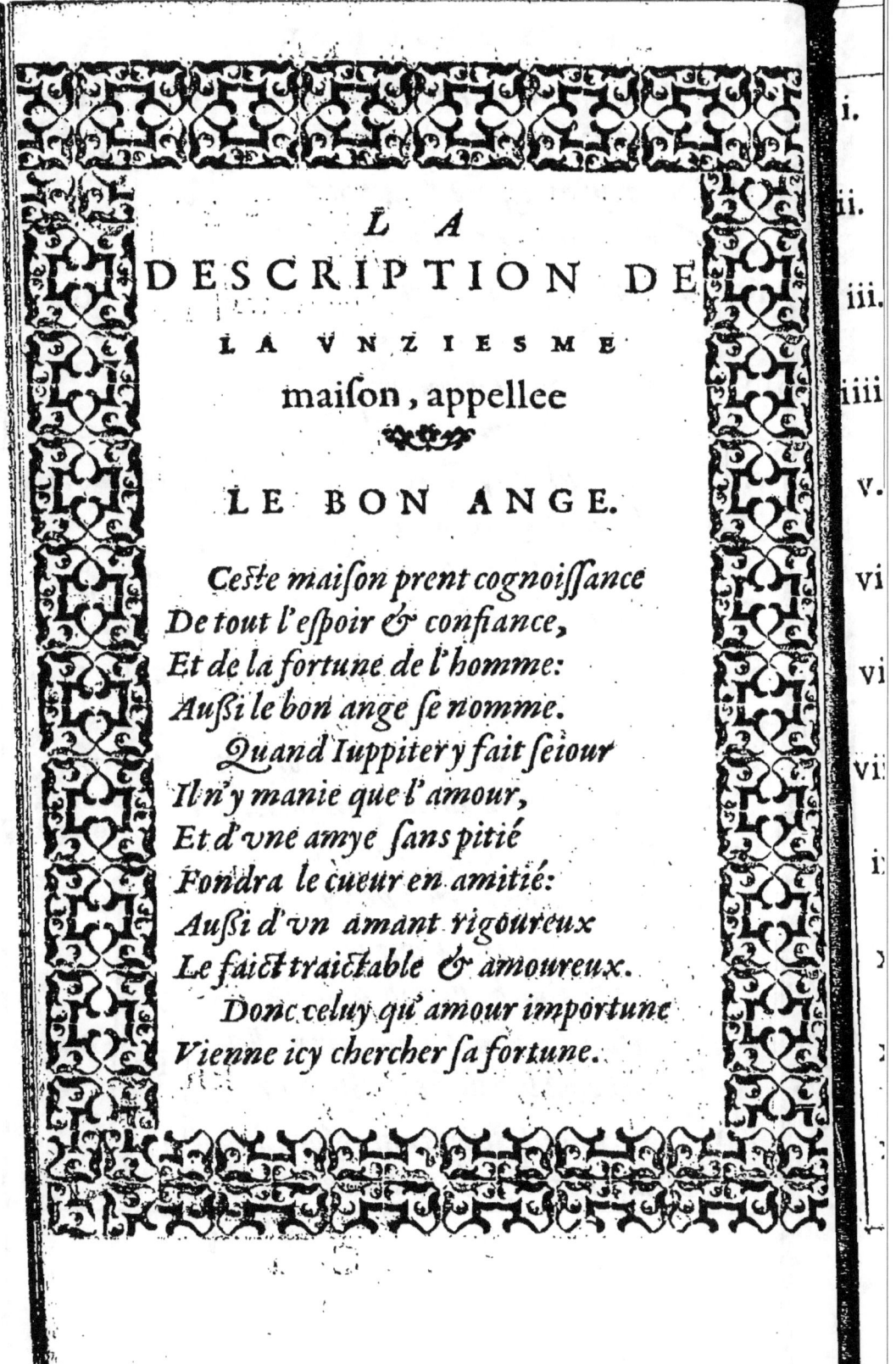

LA DESCRIPTION DE LA VNZIESME

maison, appellee

LE BON ANGE.

Ceste maison prent cognoissance
De tout l'espoir & confiance,
Et de la fortune de l'homme:
Aussi le bon ange se nomme.
Quand Iuppiter y fait seiour
Il n'y manie que l'amour,
Et d'vne amye sans pitié
Fondra le cueur en amitié:
Aussi d'vn amant rigoureux
Le faict traictable & amoureux.
Donc celuy qui amour importune
Vienne icy chercher sa fortune.

i.	S'Aucun aura en cest' année Bonne fortune & destinee.	l l	Fortune de l'homme.
ii.	Si ce qu'on espere & attend Aduiendra comme l'on pretend.	l m	
iii.	Si aucun que l'amour tormente A chef viendra de son attente.	l a	Des amours.
iiii.	Par quel moyen plus prompt & brief Viendra de ses amours à chef.	l b	
v.	Celuy qui amy se reclame, S'il est bien aymé de sa dame.	l c	De l'amy
vi.	Si celle aussi est bien aymée Qui dame & amie est nommée.	l d	De l'amie.
vii.	Si l'amour long temps durera, Par qui, & comment finera.	l e	
viii.	Lequel des deux qu'amour conforte Aime l'autre d'amour plus forte.	l f	Comparaison d'amitié
ix.	Si celuy qui pense estre amy L'est voirement, ou à demy.	l g	
x.	Si en l'estat ou tu es mis Auras peu ou beaucoup d'amis.	l h	
xi.	Lesquelz aymēt d'amour meilleure Le riche, ou le pauure à ceste heure.	l i	D'amitié
xii.	Si pour le temps auras fortune Bien fauorable & oportune.	l k	

C 5

LA
DESCRIPTION DE
LA DOVZIESME
maison, appellee

❧

MALING ESPRIT.

La derniere maison confomme
Toutes les miseres de l'homme:
Fraude, tristesse, soing, & cure,
Tourmens, prison, & chartre obscure:
Ennemis, rancune, & enuie,
Pleurs & regretz en ceste vie:
Trahisons, & captiuité,
Ne trouuer point de charité,
En cheuaux, fraude, & tromperie.
Finablement à fin qu'on rie,
Et rien ne se prenne qu'en ieu,
La response aurez en son lieu.

i.	SI quelqu'vn a beaucoup d'amis, Ou de maluueillans ennemis.	m m	Des ennemis & maluueillans.
ii.	S'il viendra, comment, & en bref, De tous ses ennemis à chef.	m a	
iii.	Si d'vn proces comme on espere La fin sera bonne & prospere.	m b	Des proces.
iiii.	Quelz bons moyens on doibt tenir, Pour vn proces bien tost finir.	m c	
v.	Si le fort qu'on tient assiegé Sera rendu, ou saccaigé.	m d	Ville assiegee.
vi.	S'on pourra venger le mesfaict, Et quelque iniure qu'on a faict.	m e	Vengeance d'iniure.
vii.	S'vn prisonnier en quelque part, Sera deliuré tost, ou tard.	m f	Des prisonniers.
viii.	S'aucun en tristesse, & souffrâce, Aura de son mal allegeance.	m g	Tristesse.
ix	Si aucun veut, & a pouuoir De te fascher & decepuoir.	m h	Tromperie.
x.	S'aucun voisin ou compaignon A dessus toy enuie, ou non.	m i	Enuie.
xi.	Si le cheual qu'on te veut vendre Sera proffitable à le prendre.	m k	Achat de cheuaux.
xii.	Si la fin sera malle ou bonne De la vie d'vne personne.	m l	La fin de l'hôme

Fin des Questions.

A Iean de Meun pour ceste inuention
On donne los d'eternelle memoire:
Mais le Lochois n'est moins digne de gloire,
Qui nous en faict auoir fruition.
Cessez de plus auoir affection
Au ieu de sort qui est diffamatoire:
Prenez cestuy, si vous m'en voulez croire,
Car c'est vn ieu de recreation.
Le temps vieillard, en son antre reclus
L'auoit caché, tant qu'on n'en parloit plus:
Mais malgré luy l'auons mis en lumiere:
Voire plus beau, soit pour l'esbatement,
Ou pour donner à l'œil contentement,
Qu'en'eut iamais l'edition premiere.

A M. FRANCOIS RASSE,
des Neux, Chirurgien à Paris.

Moindre n'est la vertu, mais egalle & commune
Garder le bien acquis, ou d'autre en acquerir:
Conseruer la santé, ou l'infirme guerir.
Aussi l'honneur t'est deu sans controuerse aucune
De ce qu'en bien gardant, tu n'as laissé perir
Les antiques fragmens de ce ieu de fortune.

INTER VTRVMQVE.

S A

une

SA

	Mouton	Taureau	Iumeaux	Can
Saturne	Va à l'Angle d'Orient. a	Va à Alde-boran. b	Va à la Pluye c	Va à B d
Iupiter	Va à l'Angle d'Occident. b a	Va à Rigil. b b	Va à la Nege b c	Va à ph b
Mars	Va à l'Angle de Midy. c a	Va à Alhayot c b	Va à la Gref-le. c c	Va à c
Venus	Va à l'Angle de Septétriõ. d a	va à Alhabor d b	Va à la Ro-fee. d c	Va à n d
Mercure	Va à l'Angle du Feu. e a	Va à Alfayt. e b	Va à la Brui-ne. e c	Va n
Soleil	Va à l'Angle de l'Air. f a	Va à Algoras f b	Va aux Nues f c	Va à f
Lune	Va à l'Angle de la Mer. g a	Va à Alchi-met. g b	Va au Vent. g c	Va à
Saturne	Va à l'Angle de la Terre. h a	Va à Alka-met. h b	V a au Ton-noirre. h c	Va
Iupiter	Va à l'Angle de Nature. i a	Va à Alfeta. i b	Va à l'Arc en Ciel. i c	Va
Mars	Va à l'Angle de Fortune. k a	Va à Vega. k b	Va au cercle du Soleil. k c	Va
Venus	Va à l'Angle de Raison l a	Va à Althair. l b	Va à l'Eftoil-le Vollant. l c	V
Mercure	Va à l'Angle de Séfualité. m a	Va à Alferas. m b	Va à la Co-mette. m c	Va

...ux	Cancre	Lyon	Vierge	Ba...
...luye	Va à Balenus. d	Va à la Sybi-le Perſique. e	Va au Vaul-tour. f	Va p...
...Nege c	Va à Ioſe-phus. b d	Va à la Sybi-le Libyque. b e	Va à l'Aigle. b f	Va... l
...Greſ- e	Va à Cal-chas. c d	va à la Sybile Delphique. c e	Va au Fau-con. c f	Va a...
...Ro-. c	Va à Hele-nus. d d	Va à la Sybi-le Cumee. d e	Va au Roſſi-gnol. d f	Va t...
...Brui-. c .	Va à Her-mes. e . d	Va à la Sybi-le Erythree. e e	Va au Pape-gay. e f	Va a...
...Nues c	Va à Apollo. f d	Va à la Sybi-le Samye. f e	Va au Paon. f f	Va...
...Vent. c	Va à Apeli-tes. g d	Va à la Sybi-le Amalthee g e	Va au Cy-gne. g f	Va...
...Ton-rre. c	Va à Merlin. h d	va à la Sybile Heleſpontie. h e	Va au Cor-beau. h f	Va...
...l'Arc Ciel. c	Va à Ioachin i d	va à la Sybile Phrygie. i e	Va au Peli-can. i f	Va...
...tercle oleil. c	Va à Amphi-araüs. k d	va à la Sybile Tyburtine. k e	Va au Coq. k f	Va...
...l'Eſtoil-olla̅t. c	Va à Tyre-ſias. l d	à Caſſandre l e	Va au Merle. l f	Va...
...la Co-ette. c	Va à Nepta-nabus. m d	à Hildegar-dis. m e	Va au Cha-huan. m f	Va...

	Mouton	Taureau	Iumeaux	Ca
Saturne	i. l'Angle d'Orient.	iiii Aldeboran.	xxv. Pluye.	xxxv Bale
Iupiter	ii. l'Angle d'Occident.	xiii. Rigil.	xxvi. Neige.	xxx Ios
Mars	iii. l'Angle de Midy.	iv. Alhayot.	xxvii. Grefle.	xi Ca
Venus	iiii. l'Angle de Septentrion,	xvi. Alhabor.	xxviii. Rozee.	He
Mercure	v. l'Angle du Feu.	xvii. Alfayt.	xxix. Bruyne.	H
Soleil	vi. l'Angle de l'Air.	xviii. Algoras.	xxx. Nues.	A
Lune	vii. l'Angle de la Mer.	xix. Alchimet.	xxxi. Vent.	A
Saturne	viii. l'Ang.e de la Terre.	xx. Alkamet.	xxxii. Tonnoirre.	N
Iupiter	ix. l'Angle de Nature.	xxi. Alfeta.	xxxiii. l'Arc en ciel.	Io
Mars	x. l'Angle de Fortune.	xxii. Vega.	xxxiiii Le cercle du Soleil.	Am
Venus	xi. l'Angle de Raison.	xxiii. Althair.	xxxv. l'Estoille volant.	T
Mercure	xii. l'Angle de Sensualité.	xxiiii. Alferas	xxxvi. La Comete.	N

...ix	Cancre	Lyon	Vierge	Bal...
XXXVII.	Balenus.	XLIX. Sibyle Persique.	LXI. Le Vaultour.	L'E...
	XXXVIII. Iosephus.	L. Sibyle Libyque.	LVII. l'Aigle.	Le...
	XXXIX. Calchas.	LI. Sibyle Delphique.	LVIII. Le Faucon.	L...
...re.	XL. Helenus.	LII. Sibyle Cumee.	LXIIII Le Rossignol	La...
...e.	XLI. Hermes.	LIII. Sibyle Erythrée.	LXV. Le Papegay.	L...
...s.	XLII. Apollo.	LIIII. Sibyle Samie	LXVI. Le Paon.	...
...t.	XLIII. Apelites.	LV. Sibyle Amalthée.	LXVII. Le Cygne.	...
...irre.	XLIIII. Merlin.	LVI. Sibyle Helespontie.	LVIII. Le Corbeau.	...
...n ciel.	XLV. Ioachim.	LVII. Sibyle Phrygie.	LXIX. Le Pelican.	Le...
...cle du ...eil.	XLVI. Amphiaraus.	LVIII. Sibyle Tyburtine.	LXX. Le Coq.	
...le vo... ...r.	XLVII. Tiresias.	LIX. Cassandre.	LXXX. Le Merle.	L...
...vi. ...mere.	XLVIII. Neptanabus.	LX. Hildegardis.	LXXII. Le Chahuan.	L...

A complexion ne sera
Iamais bonne,ou il changera.

ii.   *Son honneur gardera si bien,*
Que nul ne luy mesfera rien.

iii.   *En brief auras à ta plaisance*
De t'amie la iouyssance.

iiii.   *Par son esprit & son bon heur*
Bien tost viendra à grand honneur.

v.   *Elle sera bien chaste & bonne,*
En quelque estat qu'on luy ordonne.

vi.   *Il est en griefue maladie,*
Mais il n'est pas mort, quoy qu'on die.

vii.   *Pour la guerre qu'aurons ; en somme*
N'endurera que le bon homme.

iii.   *Ce medecin n'est gueres sage,*
De son art n'entend pas l'vsage.

ix.   *Ce messager, en chose grande,*
N'accomplira ce qu'on demande.

x.   *Il n'y a rien qui bien te face,*
Car il n'y a plus que la place.

xi.   *Ceste nourrisse me desplait:*
Ie croy qu'elle a troublé le laict.

xii.   *Il ne despendroit vne maille,*
De peur que le bien ne luy faille.

F

i.	*De son naturel il propose* *De l'employer en bonne chose.*
ii.	*Sa complexion ne s'encline* *Qu'à bonne nature & sanguine.*
iii.	*Cestuy vaincra ses ennemis* *Par le moyen de ses amis.*
iiii.	*D'y paruenir sera leger,* *Mais garde toy de ce danger.*
v.	*Apres auoir long temps seruy,* *Auras l'honneur qu'as desseruy.*
vi.	*Iamais ne soit Nonne tendue,* *Ou l'estimez fille perdue.*
vii.	*Encores qu'il soit en santé* *Son esprit est fort tormenté.*
viii.	*Princes feront telle alliance* *Que Mars n'aura sur eux puissance.*
ix.	*Ce medecin en theorique* *Est excellent, & en practique.*
x.	*Ce messager fera tresbien* *Ce qu'il doit sans oublier rien.*
xi.	*Il y a tresor de grand pris,* *Faictz si bien que n'en sois repris.*
xii.	*C'est ceste cy que ie soubhaite,* *Car elle est nourrisse parfaicte.*

i.
Ceste nourrisse est fantastique,
Et a son laict trop colerique.

ii.
Il est enclin pour entreprendre
A follement son bien despendre.

iii.
Cestuy sera chaud & colere,
Si par raison ne se modere.

iiii.
Ses ennemis ont grand puissance,
Peu luy vaudra sa resistance.

v.
Tu pers ta peine d'y pretendre,
En autre lieu te faut entendre.

vi.
Il aime mieux son proffit faire
Que tendre à vn louable affaire.

vii.
Mieux aimera(dont ie la prise)
Vn bon mary que bigotise.

viii.
Ne t'esbahis s'il n'est venu,
Car par force il est retenu.

ix.
En danger sommes d'auoir guerre
Tant sur la mer que sur la terre.

x.
C'est mal rencontré medecin,
Par luy ne seras iamais sain.

xi.
Il ne fera rien qu'à regret,
Tu ne luy diras ton secret.

xii.
Il n'y a qui vaille vne pitte,
Pour neant en serois poursuitte.

F 2

i.	Il y est encor ie t'asseure, Mais ne le verras pour ceste heure.	i.
ii.	Ceste a de bon laict à plaisir, Meilleure ne pourriez choisir.	ii.
iii.	Il despendra tout sans mesure En ses plaisirs, & en luxure.	iii.
iiii.	Il ne decline point à mal, Ains sera franc & liberal.	iiii.
v.	Cestuy est prudent & discret, Il viura pour estre secret.	v.
vi.	Ayant souffert peine & meschef Il viendra de s'amye à chef.	vi.
vii.	Bien tost viendra à honneur tel Qu'il en aura loz immortel.	vii.
viii.	Ceste fillette est si bien née. Qu'à tout bien faire est destinée.	viii
ix.	Pour aucun rapport ne t'estonne, Car il est sain de sa personne.	ix.
x.	Trefues aurons ou paix fourrée, Car gueres n'auront de durée.	x.
xi.	Cestuy est homme de sçauoir, Il y fera bien son deuoir.	xi
xii.	Il parfera bien son message S'il n'est surprins en vn passage.	xi

i.   *Il fera bien & ſaigement*
Son meſſage à mon iugement.

ii.   *Il y a treſor voirement,*
Mais eſt caché ſubtilement.

iii.   *Si de nourriſſe on veut preſſer*
De ceſte cy vous faut paſſer.

iiii.   *Il employera beaucoup du ſien*
Pour auoir nom d'homme de bien.

v.   *Il aura nature muable,*
En bien & en mal variable.

vi.   *Ayant en eſpoir patience,*
Des ennemys auras vengeance.

vii.   *Ce ſot facheux trop ennuyra,*
De ſes amours ne iouyra.

viii.   *Si autrement tu ne faitz rien*
Iamais n'auras honneur ne bien.

ix.   *Elle aura auſſi bon courage*
De ſeruir Dieu en mariage.

x.   *Il n'a ſoing de chanter ballade:*
S'il n'eſt mort, il eſt bien malade.

xi.   *La guerre aurons en tel effort,*
Que le bon droict aura le tort.

xii.   *Ceſtuy qui grand maiſtre ſe faict*
A plus de babil que d'effect.

i. *Il eſt bien ſaige & bien expert,*
Comme par ſes faictz en appert. i.

ii. *Il fera ſi bien ſon debuoir*
Qu'on luy deura bon gré ſçauoir. ii.

iii. *Il eſt bien vray qu'on l'y muſſa,*
Mais on l'a oſté deſpieç'a. iii.

iiii. *En ceſte cy n'a aucun vice,*
Pourquoy ne ſoit bonne nourrice. iiii.

v. *Il deſpendra des bien notables*
A iouer aux dez & aux tables. v.

vi. *Ceſtuy de bonnes meurs ſera,*
Dont tout le monde l'aimera. vi

vii. *Pour le bien qui en luy ſera,*
Toute querelle appaiſera. vii

viii. *Voyant ſa loyalle amitié*
S'amye aura de luy pitié. vii

ix. *Veu ſon eſprit, ie luy prometz,*
Qu'il aura bon bruyt à iamais. ix

x. *Ceſte aura l'œil en ſa ſaiſon*
Plus à danſer qu'à l'oraiſon. x

xi. *Il eſt bien ſain, & mal n'endure,*
Ains a trouué bonne aduenture. x

xii. *Dieu nous donra par ſa clemence*
Ceſt an repos & pacience. x

i.   *On n'aura ceſt an point de guerre,*
Chacun vouldra garder ſa terre.

ii.   *Ce medecin Phyſicien*
N'eſt gueres bon practicien.

iii.   *Il fera bien ce qu'il doibt faire,*
Et mettra fin à ton affaire.

iiii.   *Treſor y a s'il eſt cherché,*
Mais il eſt bien auant caché.

v.   *Ceſte me ſemble trop fâcheuſe,*
Elle eſt rude & mal gracieuſe.

vi.   *Il deſpendra plus volontiers*
Son bien aux pauures qu'aux monſtiers.

vii.   *Ceſtuy ſera de grand loyſir,*
Et fort ſubiect à ſon plaiſir.

viii.   *Pour parler doulx & ſagement*
Il vaincra tout finablement.

ix.   *De celle qu'as voulu choiſir*
Tu iouyras à ton plaiſir.

x.   *Par peine & labeur en bref temps*
Auras l'honneur que tu pretens.

xi.   *Si ceſte fille on faiſoit Nonne,*
La fin n'en ſeroit iamais bonne.

xii.   *S'il eſt ou mort ou en malaiſe,*
Louez Dieu & ne vous deſplaiſe.

i.
Si dans brief temps ne le voyez,
C'est faict de luy, & m'en croyez.

ii.
Cest an la guerre se fera,
Qui fort longuement durera.

iii.
Ce medecin n'est pas scient
Pour guerir vostre pacient.

iiii.
Ce messagier comment qu'il aille
Ne fera ia chose qui vaille.

v.
Tout le tresor ce n'est qu'ordure,
N'y cherchez point vostre auenture.

vi.
Ceste n'est pas de bonnes meurs,
Vne autre en faut chercher ailleurs.

vii.
Il gardera tout si estroict,
Qu'il ne despendra rien à droict.

viii.
Cest enfant, à nul n'en desplaise,
Aura complexion mauuaise.

ix.
Tu es fascheux & orgueilleux,
Tu seras tousiours querelleux.

x.
Tu ne sçaurois faire la court,
Ailleurs faut chercher ton plus court.

xi.
Il ne mest son cueur qu'à l'auoir:
Et n'a soucy d'honneur auoir.

xii.
Elle seroit religieuse
Qui voudroit, bonne & gracieuse.

Cest

i.   Ceste vaut mieux à mariage
Pour bien disposer vn mesnage.

ii.   Il est bien sain & en bon poinct,
Partant ne vous en faschez poinct.

iii.   S'il y a guerre, aussi aura
Vn prelat qui l'appaisera.

iiii.   Cestuy entend bien la science,
Mais n'en ferez l'experience.

v.   Ce messager est à ta guise
Pour mettre à fin ton entreprise.

vi.   Il y a grand tresor & riche,
Pour le chercher ne sois point chiche.

vii.   Ceste femme est bonne nourrice,
Et au petit enfant propice.

viii.   Les fruictz despendra volontiers,
Laissant le fond aux heritiers.

ix.   Il est bien complexionné,
Et à tout bien faire adonné.

x.   Tu les vaincras si tu es sage,
Leur faisant teste & bon visage.

xi.   Apres auoir long temps seruy
Auras le bien qu'as desseruy.

xii.   Pour estre gracieux & saige
Honneur aura dés son ieune aage.

G

i. Croy que fortune te depart
D'honneurs mondains petite part.

ii. De Religion n'aura cure,
Mais qu'vn mary on luy procure.

iii. Cest absent en pays estranger
S'il n'est mort, il est en danger.

iiii. Nous aurons guerre, dont i'asseure
Que plusieurs en maudiront l'heure.

v. Il n'est discret ne vertueux,
Mais vn vray fol presumptueux.

vi. Ne t'attens point que iamais face
Chose qui soit de bonne grace.

vii. En ce lieu n'y a rien qui vaille,
Tu n'y trouueras vne maille.

viii. Ceste cy est bonne à souhait,
Mais gardez qu'on trouble le laict.

ix Aux armes fera grand despense,
Si pauureté ne l'en dispense.

x. Il sera maigre & colerique,
En danger d'en venir ethique.

xi. Pour chercher proces & debats,
Tu pourrois bien te mettre au bas.

xii. L'amye auras qui plus te touche,
Mais garde toy de male bouche.

i. *Il iouyra finablement*
De s'amye honnorablement.

ii. *Cestuy bien tost monté sera,*
Mais en fin on l'abaissera.

iii. *Ce n'est pas son cas d'estre Nonne,*
Ell' est trop iolye & mignonne.

iiii. *L'absent duquel on tient propos*
Est en bon poinct & bien dispos.

v. *Nous aurons la paix ceste année,*
Car le bon Dieu nous l'a donnée.

vi. *Ce medecin est bien discret,*
Declairez luy vostre secret.

vii. *Il fera si bien son message*
Que le tiendras à homme sage.

viii. *Tresor y a s'on le fait querre,*
Mais il n'est pas mussé en terre.

ix. *Ceste nourrice est saine & nette,*
Et a bon laict & bonne tette.

x. *Pour son plaisir & volupté*
Son bien sera mal exploicté.

xi. *Il aura complexion bonne,*
Mais qu'à luxure ne s'adonne.

xii. *S'il a mesfait faut qu'il l'amende,*
S'on luy fait tort en Dieu s'attende.

i. *Cestuy vaincra par sa prudence*
Ses ennemis mieux qu'on ne pense.

ii. *De ses amours en peu de tens*
Il aura ses espritz contens.

iii. *Ne t'esbahys si tost, ou tard,*
Car d'honneurs auras bonne part.

iiii. *Il vaut mieux la laisser plus croistre*
Auant que de la mettre en cloistre.

v. *S'il est mort ou vif n'ayez soing:*
Mais de secours a bon besoing.

vi. *Cest an aurons guerre nouuelle,*
Qui sera fort dure & cruelle.

vii. *Il est sage, & homme de bien,*
Se fier en luy on peut bien.

viii. *Il ne fera certainement*
Ce que lon veult entierement.

ix. *Tresor y a sans controuuer:*
Mais est difficile à trouuer.

x. *Pour allaicter, & bien traitter,*
A ceste se faut arrester.

xi. *En bonne chose il emploira*
Le sien, & rien ne gastera.

xii. *Bonne complexion aura,*
Mais ieunesse le deceura.

i. *Il ne viura pas longuement,*
S'on n'y prend garde sagement.

ii. *Quelque bonne cause qu'on ait,*
La fin n'est pas à ton soubhait.

iii. *Pour y paruenir sois secret,*
Sage, prudent, & bien discret.

iiii. *Encor aura plus grand credit,*
Qu'il n'auoit lors qu'il le perdit.

v. *Son semblant, & sa conscience,*
Certes ont grande difference.

vi. *Ayant la cuyrasse endossé*
Tombera mort en vn fossé.

vii. *L'vn ou l'autre est trop obstiné,*
Le peuple en sera ruyné.

viii. *Si au ventre as repletion,*
Pren par embas purgation.

ix. *Si c'est à bien, ie n'en croy rien:*
Si c'est à mal, ie le croy bien.

x. *Au lieu qu'on dict qu'il est caché,*
Se trouuera, s'il est cherché.

xi. *Ne le seurez ceste sepmaine:*
Car l'heure n'est bonne, ne saine.

xii. *Quelques biens qu'il ait, & honneur,*
Tousiours aura quelque malheur.

i.   Cestuy sera sans doute aucune
Sur tous bien aimé de fortune.

ii.   Long temps, & en santé viura,
Et grans biens, & honneurs aura.

iii.   De ce proces comment qu'il aille
N'auras iamais chose qui vaille.

iiii.   Si elle prent ce qu'on luy donne
Certainement ell' s'abandonne.

v.   Quoy qu'il tarde vn tel deshonneur
Luy tournera à grand honneur.

vi.   Quelque bonne mine qu'il face,
Il n'est deuot que par la face.

vii.   Il ne peut le canon ouyr,
Mieux aime ailleurs se resiouir.

viii.   La guerre faudra par la mort
De celuy qui aura le tort.

ix.   Il n'a besoin de medecin,
Il est bien dispos & bien sain.

x.   Ce qu'on en seme par la ville
Croyez ce n'est pas euangile.

xi.   Par certain art, & par raison
Le trouueras dans la maison.

xii.   Si c'est vn fils seurer le faut,
Mais si c'est fille il ne m'en chaut.

i. *De maintenant seurer l'enfant*
L'heure & le temps le vous defend.

ii. *Cestuy aura maint aduersaire,*
Et la fortune bien contraire.

iii. *Cest enfant dont on tient propos*
Pour long temps viure n'est dispos.

iiii. *Quant à ce proces, dire i'ause*
Que tu obtiendras gain de cause.

v. *Sois hardy en ceste entreprise,*
En fin ta dame y sera prise.

vi. *Du deshonneur qui tant le fasche*
Tousiours en aura quelque tache.

vii. *Il entend bien ce qu'il faut faire*
Pour le sainct homme contrefaire.

viii. *Cestuy est de trop noble race,*
Plustost mourra, que quitter place.

ix. *La guerre ainsi qu'on la propose,*
A grand cruauté se dispose.

x. *S'il n'est purgé competemment*
Il ne viura pas longuement.

xi. *Soyez certain soit mal ou bien,*
Que tout est faux, & n'en est rien.

xii. *Vous y pourriez beaucoup despendre*
Sans rien trouuer que sceussiez prendre.

i.
Il n'est pas temps de se purger,
Mais cependant faut peu manger.

ii.
Ceste nouuelle est bien croyable,
Ie l'estime quell' est veritable.

iii.
Cherchez au lieu qu'aduiserez,
Certainement l'y trouuerez.

iiii.
Seurez le,il a assez tetté,
Mais que ne soit en plein esté.

v.
La fortune tant l'aimera
Qu'à grans honneurs l'esleuera.

vi.
Cest enfant naturellement
Doit viure en santé longuement.

vii.
Si c'est pour iniure ou exces
N'auras profit en ce proces.

viii.
Qui de femme l'amour desire
En rien ne luy doit contredire.

ix.
A son honneur la fine mousche
Viendra du cas dont on le touche.

x.
C'est vn fin galland babillard,
Qui contrefait le papelard.

xi.
Cestuy mourra de plusieurs coups
Si par ses amis n'est rescoux.

xii.
En ceste guerre dont on bruit
L'vn des deux chefs sera destruit.

Ceste guerre en brief finira,
Mais le Pape y contredira.

i. De medecine ne pren point
Tant que la lune soit en poinct.

ii. Si la nouuelle continue
Pour vraye doit estre tenue.

iii. Tu le trouueras, mais pren garde
De lier l'esprit qui le garde.

v. Seurez l'enfant sans plus attendre,
L'heure est bonne, on n'y peut mesprédre.

vi. Si tu sais poursuiure ton heur,
Tu paruiendras à grand honneur.

vii. Il doit viure assez par nature,
S'il n'a fortune, ou aduenture.

viii. De ce proces dont on propose,
En pourras auoir quelque chose.

ix. Faicts des presens, car bien souuent
Femme qui prend elle se vend.

x. Son infortune causera
Qu'en plus haut lieu monté sera.

xi. Pour tel qu'on le voit ie le tien,
Et tel est qu'il monstre au maintien.

xii. Il est content de voir l'esbat,
Mais ne veut entrer en combat.

i.   *Cestuy mourra en bataillant,*
Car il est hardi & vaillant.

ii.   *La guerre tel temps durera*
Que l'vn & l'autre faschera.

iii.   *Si ne te purges promptement*
Seras malade asseurement.

iiii.   *C'est chose fausse & controuuée,*
Et telle en fin sera trouuée.

v.   *A tout iamais chercher pourras*
Que nul tresor ne trouueras.

vi.   *Il n'est pas temps de le seurer,*
On y pourra bien recouurer.

vii.   *Tu n'auras ia bonne aduenture,*
Ou ce sera contre nature.

viii.   *Cestuy mourra dés son ieune aage,*
Dont sera grand perte, & dommage.

ix.   *N'ayez proces n'inimitié,*
Plustost quittez en la moytié.

x.   *Monstre toy hardy & vaillant,*
Et te garde d'vn maluueillant.

xi.   *Il ne peut son honneur r'auoir,*
Tant bien en face son deuoir.

xii.   *Ne vous fiez en ce caffard,*
Car de son faict ce n'est que fard.

i. *Ce qu'il en fait ce n'est faintise,*
Il ayme Dieu & son eglise.

ii. *Cestuy n'a garde d'y mourir,*
Car il est trop prompt à courir.

iii. *Tel prelat s'en entremettra,*
Qui ceste guerre à fin mettra.

iiii. *Pour guarir nature replete,*
Ie louë que faces diete.

v. *Si c'est quelque bonne nouuelle,*
Tu peux bien croire qu'elle est telle.

vi. *Qu'en vain ne se trauaille & peine,*
Car il n'y perdroit que sa peine.

vii. *Il est temps si ell' est femelle*
De la seurer de la mammelle.

viii. *Fortune à la fin t'aydera:*
Mais quoy? le temps te tardera.

ix. *Il est faict de bonne matiere,*
Il viura d'homme vie entiere.

x. *En ce proces il obtiendra,*
Car le conseil pour luy tiendra.

xi. *Beau maintien & doulce parolle*
Font en l'amour la femme folle.

xii. *L'honneur perdu par vn forfaict*
Sera rendu par vn bien faict.

i.	*Qu'il face du mieux qu'il pourra,* *Tousiours ce deshonneur aura.*
ii.	*Cestuy qui tant fait du prud'homme Est vn meschant & mauuais homme.*
iii.	*Il mourra les armes au poing, Car on le lairra au besoing.*
iiii.	*Ceste guerre comment qu'il aille, Ne faudra iamais sans bataille.*
v.	*Pour le present ie te deuine Que n'as besoin de medecine.*
vi.	*De ce rapport que lon propose, Croy pour vray qu'il est quelque chose.*
vii.	*Quoy qu'il y soit, par quelque peine Ne l'auras de ceste sepmaine.*
viii.	*Ne le seurez en ceste sorte, Attendez qu'autrement se porte.*
ix.	*Si tu n'y prens grand' cure & soin, Te lairra fortune au besoin.*
x.	*Il n'est taillé de long temps viure, Trop voudra ses plaisirs ensuyure.*
xi.	*Ie donne gain au demandeur, Et condamne le defendeur.*
xii.	*N'aimez iamais telle personne Qui prent argent, ou qui en donne.*

Aime t'amie loyaument,
Ell' t'aimera pareillement.

ii. D'oresnauant il sera sage,
Et à la fin grand personnage.

iii. Il contrefaict du sainct hermite,
Mais ce n'est qu'vne chatemite.

iiii. Tu pourras entrer si auant
Qu'en sortiras les pieds deuant.

v. Ceste esmotion n'est pas grande,
Mais le batu payra l'amende.

vi. Si tu regarde à ton affaire,
De medecin n'auras que faire.

vii. Tu la croiras, si c'est à bien:
Si c'est à mal, n'en croiras rien.

viii. A main senestre en occident
Le trouueras tout euident.

ix. Seurez le, car l'heure en est bonne,
Si aussi l'aage s'y addonne.

x. Tu seras comme ie dispose,
Bien fortuné en mainte chose.

xi. Il est de mauuaise semence,
Bien peu viura comme ie pense.

xii. Tel pense gaigner qui perdra,
Cil qui a bon droit obtiendra.

i.	*La fin du procès intenté* *Bien tost le rendra contenté.*
ii.	*Faisant humblement ta requeste* *Luy mettras le feu en la teste.*
iii.	*Par le moyen de ses amis* *En son honneur sera remis.*
iiii.	*Il est deuot en cest endroict* *Pour besongner vn coup à droict.*
v.	*Cestuy ayme mieux paix que guerre* *Il ne mourra que sur sa terre.*
vi.	*La guerre est forte, & la saison* *Nous menasse de trahison.*
vii.	*Si quelque mal au cueur te touche,* *Pren medecine par la bouche.*
viii.	*N'en croyez rien: car la nouuelle* *N'est ne veritable, ne telle.*
ix.	*Ne le cherchez point desormais,* *Vous ne le trouuerez iamais.*
x.	*Seurez cest enfant seurement,* *S'il a des dens competemment.*
xi.	*Tu auras fortune diuerse,* *Vne fois bonne, vn'autre aduerse.*
xii.	*Pour cest enfant i'ay arresté* *Qu'il viura long temps en santé.*

i. Cest enfant naturellement
Aura fort bon entendement.

ii. Vostre proces n'aura durée,
Passant par la porte dorée.

iii. Elle n'a bon iour ne demy
S'elle ne voit son doux amy.

iiii. Si en bon lieu t'es arresté,
Mieux y vaut viure en liberté.

v. Il aimera bonne doctrine,
Car sa nature y est encline.

vi. Celuy qui plus se contregarde
Mourra le premier, quoy qu'il tarde.

vii. L'vn des deux, & fust il moins fort,
Vaincra celuy qui a le tort.

viii. Ces medecins & mareschaux
Font mourir hommes & cheuaux.

ix. Ces lettres n'ont aucun plaisir,
Sinon tristesse & desplaisir.

x. Par vn bauard fin & peruers
Tes secrets seront descouuers.

xi. Il ne sera iour de leur vie
Qu'entr'eux n'y ait tousiours enuie.

xii. Tu ne saurois grans biens acquerre,
Et deusses tu gratter la terre.

H

i.   Si en Dieu metz ton asseurance
Des biens auras en abondance.

ii.   Bon sens & bon esprit aura
Qui au besoin luy seruira.

iii.   Il vaut mieux faire vn bon accord
Que long temps viure en tel discord.

iiii.   Son amitié n'est que feintise,
Autant ailleurs, c'est sa deuise.

v.   Grand bien te sera , & grand heur
Que d'estre à vn Roy seruiteur.

vi.   Il est trop tendre & delicat,
Pour par estude estre aduocat.

vii.   Celuy qui est le plus mignon
Mourra deuant son compaignon.

viii.   Aucuns qui les verront debatre
Les accorderont sans combatre.

ix.   Du medecin ne fais estime,
Seulement garde bon regime.

x.   La lettre ne contient en somme
Rien qui doyue desplaire à homme.

xi.   Quelque amy qu'auras irrité
En fin dira la verité.

xii.   Ils auront entr'eux grand discord,
Mais en la fin seront d'accord.

i.   *Ces deux freres, comme il me semble,*
N'auront iamais accord ensemble.

ii.   *Tu ne saurois grans biens auoir,*
Ains despendras tout ton auoir.

iii.   *Il sera fort ingenieux,*
Encores plus malicieux.

iiii.   *Ie te conseille d'appointer,*
Car les hommes sont à douter.

v.   *Son amitié n'est qu'en la bourse,*
Si lon ne baille elle se course.

vi.   *Homme de cœur libre & loyal*
N'entre point en estat royal.

vii.   *Il a l'esprit prompt & volage,*
Mieux aimera viure au village.

viii.   *Celuy qui de parler s'auance*
Le premier menera la dance.

ix.   *L'assaillant a creu de leger,*
Garde qu'il n'en tombe en danger.

x.   *D'autant que la santé vous touche*
Ne prenez drogues par la bouche.

xi.   *La lettre ne tient que propos*
Pour tendre à paix & à repos.

xii.   *Il sera sceu, & en brief temps,*
Dont plusieurs seront mal contens.

i.
     La chose sera bien celée,
Sans iamais estre reuelée.

ii.
     Ils seront tous deux bons amis,
Si quelque discord n'y est mis.

iii.
     Des biens auras à suffisance,
Si ton plaisir n'y fait nuisance.

iiii.
L'esprit vif & bon sens aura,
Mais facilement oublira.

v.
     Faueur de prince, ou grans seigneurs
N'a tant d'effect, que les donneurs.

vi.
     Elle t'aime plus la moitié
Que ne luy portes d'amitié.

vii.
     A homme libre au temps qui court
Ne fait pas bon suiure la court.

viii.
     Il aimera toute science,
Et aura bonne conscience.

ix.
     Celuy qui est le plus changé
Sera le premier vendangé.

x.
     Si l'assaillant son droit poursuit
Il en aura le los & bruit.

xi.
     Ce qu'il ordonne est profitable,
Car c'est vn medecin notable.

xii.
     Ceste lettre est trop rioteuse
Il en viendra noise fascheuse.

i.   *Ne doutez point de ceste lettre,*
On n'a voulu que bien y mettre.

ii.   *La chose fut faite si bien*
Que nul iamais n'en saura rien.

iii.   *Ces deux freres s'aimeront fort*
Si l'vn à l'autre ne fait tort.

iiii.   *Si tu es prompt & diligent*
Iamais ne seras indigent.

v.   *Il aura sur toute personne*
Bon esprit & memoire bonne.

vi.   *Poursuis sans cesse & importune,*
En fin auras bonne fortune.

vii.   *Elle aime bien, mais sa beauté*
A peine tiendra loyauté.

viii.   *Pour seruir le Roy en ce temps*
Beaucoup en a de mal contens.

ix.   *Il est trop lourd, qui m'en croira*
Iamais à l'escolle n'yra.

x.   *Vous estes tous deux aduancez,*
Plustost mourrez que ne pensez.

xi.   *Ie croy qu'ils auront tant d'amis,*
Qu'vn bon accord y sera mis.

xii.   *Il n'ordonne chose qui vaille,*
Ie n'en prendrois pour vne maille.

H 3

i.   *Ceste medecine est bien bonne,*
Prenez la donc, puis qu'on l'ordonne.

ii.   *N'enquerez plus, ceste missiue*
Ne fait tort à homme qui viue.

iii.   *Ie ne say par qui ce sera,*
Mais en la fin on le saura.

iiii.   *Ils seront tous deux bien d'accord*
Si pour les biens n'y a discord.

v.   *Recule vn peu pour mieux saillir,*
Tu ne peux à grans biens faillir.

vi.   *Cestuy aura s'on m'en veut croire,*
Peu de sens & peu de memoire.

vii.   *Pour le plus court au temps present*
Il n'est que faire vn bon present.

viii.   *Tu es aimé en cest endroit,*
Si tu l'aimes, c'est à bon droit.

ix.   *Il est bon que seruice on face*
Maintenant, pour entrer en grace.

x.   *Si son esprit est dur & rude,*
Il apprendra par longue estude.

xi.   *Le plus ieune, & le plus mignard*
Premier mourra selon cest art.

xii.   *Pensans leur querelle venger*
Tous deux seront en grand danger.

i.   Cest assaillant de la victoire
Emportera l'honneur & gloire.

ii.   Ne souffrez pas que l'on vous saigne,
S'autre medecin ne l'enseigne.

iii.   Ce n'est qu'vne lettre commune,
Qui à nully n'est importune.

iiii.   Ton vice a beau estre celé,
Car en fin sera reuelé.

v.   Ces deux freres veu leur maintien
Ne s'accorderont iamais bien.

vi.   Riche seras competemment
Pour en auoir contentement.

vii.   Il sera fort prompt à comprendre,
Mais sa memoire sera tendre.

viii.   Il vaudroit mieux le tout quiter
Que si long temps soliciter.

ix.   Tu es discret, & as du bien,
Voila pourquoy on t'aime bien.

x.   Seruir en court ce n'est pas heur
A homme qui aime l'honneur.

xi.   Il aimera (s'on l'y veut mettre)
Toute science & bonne lettre.

xii.   Point n'en faut rompre son cerueau,
Aussi tost meurt vache que veau.

i.   *Celuy d'entr'eux qui moins a d'aage*
Aura sur l'autre l'auantage.

ii.   *Le defendeur en ce debat*
Aura victoire s'il combat.

iii.   *Ie vous veux bien certifier*
Qu'il ne fait pas bon s'y fier.

iiii.   *Ceste lettre contient nouuelle,*
Qui n'est ne plaisante ne belle.

v.   *La chose sera descouuerte,*
N'en doutez point, à gain ou perte.

vi.   *Les deux freres dont tu t'enquiers*
Ne s'aimeront pas volontiers.

vii.   *Par auarice, & chicheté*
Cestuy viendra en pauureté.

viii.   *A cest enfant nature donne*
Grand esprit, & memoire bonne.

ix.   *Vne belle soliciteure*
Le fera iuger sans demeure.

x.   *De ceste femme ie m'attens*
Qu'elle t'aimera quelque temps.

xi.   *D'estre à tel seruice arresté*
Sera plus doux que liberté.

xii.   *Il est pour apprendre la lettre*
Si à l'escolle on le veut mettre.

i. Il aura bonne ame , & encline
A toute bonne discipline.

ii. Le plus vaillant des deux amis
Sera premier en terre mis.

iii. Ils n'ont pas de combatre enuie,
Tous deux ont grand peur de leur vie.

iiii. Si tu es delicat & tendre,
Mieux vaut t'en passer que d'en prendre.

v. D'en sauoir plus auant ne tasche,
Car il n'y a rien qui te fasche.

vi. De ton secret, pren asseurance
Que nul n'en aura cognoissance.

vii. Ces deux freres tant s'aimeront
Que rien à departir n'auront.

viii. Tu es enclin de ta nature
A estre riche outre mesure.

ix. Cest enfant(ou nature ment)
Sera sage parfaitement.

x. Si vostre iuge est indigent
Le faut appaiser par argent.

xi. Retire t'en si tu es sage,
Tel amour n'est pas heritage.

xii. Entre hardiment en tel seruice,
Car la fortune t'est propice.

H 5

i.	Si tu es homme de raison Tu demourras en ta maison.	i.
ii.	Il ne sera pas bon de mettre Cestuy pour apprendre la lettre.	ii.
iii.	Iouez au sort, cil qui l'aura Sera le premier qui mourra.	iii.
iiii.	Cest assaillant s'il ne s'appaise En trouuera la fin mauuaise.	iiii.
v.	La medecine qu'il ordonne S'elle est bien faite sera bonne.	v.
vi.	Ceste missiue tel cas porte Qu'assez tost viendra qui la porte.	vi.
vii.	On le saura quoy qu'on retarde, Par vne langue babillarde.	vii.
viii.	Ces freres seront à blasmer Dont ils ne pourront s'entr'aimer.	viii
ix.	Par sa malice enrichira, Mais en la fin tout s'en ira.	ix.
x.	Cestuy n'aura l'esprit bien fait, En danger d'estre vn fol parfait.	x.
xi.	Poursuis & entens à ton faict, Car la iustice est sans effect.	xi.
xii.	Retire toy de sa prison, Son amour n'est que trahison.	xii

i. *Asseure toy, qu'as trouué dame*
Qui t'aime mieux que sa propre ame.

ii. *Ce ne sera pas ton plus court*
De maintenant seruir en court.

iii. *Il sera doux & gracieux,*
Et à l'estude curieux.

iiii. *Cestuy qui fait ceste demande,*
Premier mourra, quoy qu'il attende.

v. *Croy qu'aucun mal ne se feront,*
Leurs amis les appaiseront.

vi. *Ce qu'il ordonne est dangereux*
Fust il medecin ou drogueux.

vii. *Ceste missiue en bon langage*
Parle d'amours, ou mariage.

viii. *Ceste chose en secret tenue*
A nul viuant sera cognue.

ix. *Ils seront (ainsi que i'espere)*
L'vn à l'autre amy & bon frere.

x. *Cestuy aux richesses paruient,*
Si grand malheur ne luy aduient.

xi. *Fort bon sens par nature aura,*
Mais ieunesse le gastera.

xii. *Si quelque present n'est touché,*
Vostre proces est accroché.

i.   *Croyant par serment sa partie*
La querelle est tost departie.

ii.   *Il est bien aimé & sera,*
Tant que bien aussi l'aimera.

iii.   *Si tu desires qu'on t'auance,*
Sers le Roy en faict de finance.

iiii.   *En son esprit ie me confie*
Qu'il aimera philosophie.

v.   *Celuy qui est le plus sauant*
Tout le premier ira deuant.

vi.   *L'assaillant est de grand courage,*
Et vengera bien son outrage.

vii.   *La medecine qu'il ordonne*
Trop affoiblira la personne.

viii.   *Il n'y a aucun cas vrgent,*
C'est pour vn marché, ou argent.

ix.   *La chose bien celer se peut,*
Nul n'en saura rien s'on ne veut.

x.   *Ces deux contraires mœurs auront,*
Mais pour honte ils s'accorderont.

xi.   *Fais tant que tu voudras le chiche,*
Iamais tu ne deuiendras riche.

xii.   *Il aura l'esprit si vollage*
Qu'à peine iamais sera sage.

i.
  Iamais n'aura langue diserte,
Qui luy sera vne grand perte.

ii.
  Par long trauail & grand effort
Les ennemis perdront le fort.

iii.
  Il t'aime bien, & t'aimera,
Pour autre ne te changera.

iiii.
  Cestuy regnera par long temps,
Ses suiets en seront contens.

v.
  Si pour songer on se reueille,
C'est quelque chose de merueille.

vi.
  Vis en espoir, & soyez seur
Que cil qui menasse aura peur.

vii.
  Ne faites nul marché notable,
Car il ne seroit profitable.

viii.
  Quelque chose a prins par la bouche
Qui viuement au cœur luy touche.

ix.
  Ie te conseille escrire en vers
En propos cachez & couuers.

x.
  Ceste chose ie te deuine
A tresmauuaise fin decline.

xi.
  Celuy aura plus longue vie
Qui sur son frere a moins d'enuie.

xii.
  Le bonnet rond luy est propice
Pour crocheter vn benefice.

i.   *Par son esprit & diligence*
Riche sera plus qu'il ne pense.   i.

ii.   *Il sera meur en son parler,*
Dont il pourra par tout aller.   ii.

iii.   *Quelque bon accord se fera,*
Dont tout le camp deslogera.   iii

iiii.   *Son amitié est peu louable,*
Car il a le cœur variable.   iiii.

v.   *Il regnera plus qu'on ne pense,*
S'aucun grand exces ne l'offense.   v.

vi.   *Le beau songe que tu as fait,*
Ne signifie aucun effect.   vi.

vii.   *Tu es craintif & fort timide,*
Petite peur te met en bride.   vii.

viii.   *Si vous voulez rien acheter,*
Ie suis d'auis de vous haster.   viii

ix.   *Ce qui le rend si langoureux,*
N'est que d'vn bruuage amoureux.   ix.

x.   *Mets toute escriture en arriere,*
Et ne te fie en chambriere.   x.

xi.   *Ceste chose aura fin ioyeuse,*
Fortune y sera gracieuse.   xi.

xii.   *Lequel mourra premier ne chaille,*
Car rien n'est que la mort n'assaille.   xii

i. *Chacun des deux soit sur sa garde,*
La mort l'vn & l'autre regarde.

ii. *En vain cestuy trauaillera,*
Car pourtant riche ne sera.

iii. *Assez hardiment parlera,*
Mais rien qui vaille ne dira.

iiii. *Ce fort sera prins sans faillir,*
Qui le voudra bien assaillir.

v. *Tu n'en auras iamais bon heur,*
De mettre en ses mains ton honneur.

vi. *Ce Roy bien peu de temps viura,*
Car l'ennemy le poursuiura.

vii. *Ce, où de iour auois pensé,*
De nuict en songe est aduancé.

viii. *Tu es paureux à tous abois,*
Qui fueilles craint ne voise au bois.

ix. *Qui maintenant achetera*
Grand chose, il s'en repentira.

x. *Ce n'est pas fort, mais vne femme*
L'a fait ainsi, afin qu'il l'aime.

xi. *Ne mets aucun escrit en voye,*
Il faut que toy mesmes la voye.

xii. *Qui mieux ne s'y hazardera*
Iamais bien ne succedera.

i.	En rien douter ne conuiendra
	Que tout à bonne fin viendra.
ii.	Celuy viura plus longuement,
	Qui se tiendra plus chastement.
iii.	Si tu peux femme à gré seruir,
	Grans biens en pourras desseruir.
iiii.	Par beau parler plaisantera,
	Dont grans seigneurs frequentera.
v.	Les ennemis rien n'y feront,
	Mais bien faschez delogeront.
vi.	Son amitié n'est pas commune,
	Si plusieurs aime, il n'en sert qu'vne.
vii.	Ce Roy longuement regnera,
	Mais ses suiets ruynera.
viii.	Du songe qu'on met en auant
	Autant en emporte le vent.
ix.	De ceste peur en bief aura
	Tel moyen qui l'asseurera.
x.	Achetez ce qu'on vous veut vendre,
	On pert bien souuent pour attendre.
xi.	Ne faut pour sort chercher remede,
	Mais pour l'esprit qui le possede.
xii.	Telle missiue on fait tenir
	Qui fait la dame au poinct venir.

Si

i.
Si tu ne peux faire autrement,
Au moins escripts secretement.

ii.
La chose ou tu veux paruenir
Ne peut qu'à bonne fin venir.

iii.
Ie dis (comme il aduient souuent)
Que le plus ieune ira deuant.

iiii.
Tu doibs auoir par ton estude,
Des biens en grand' beatitude.

v.
Il parlera mieux en tous cas,
Que ne feroyent les aduocatz.

vi.
La place à present assiegee,
Sera destruicte & saccagee.

vii.
Il t'ayme bien, tu l'ayme aussi,
N'en aye donc plus de soulcy.

viii.
Plustost mourra au lict d'honneur,
Que d'estre pris en deshonneur.

ix.
Ce songe rien ne signifie
Qui soit vray, fol est qui s'y fie.

x.
Pour couardise, & laschete
Onq ne seras en seureté.

xi.
Si voulez achepter ou vendre,
Ne faictes rien sans conseil prendre.

xii.
Ce n'est qu'humeur melancolique,
Qui en fin le rendra ethique.

I

i.
> S'il souffre mal, c'est pour son vice,
> Car ce n'est sort ne malefice.

ii.
> Les lettres, les amours accusent,
> Pourtant sont fols ceux qui en vsent.

iii.
> Si l'entreprise est bien conduite,
> A bonne fin sera reduite.

iiii.
> Celuy des deux premier mourra
> Qui le plus de biens acquerra.

v.
> Il acquerra par l'accointance
> De grans seigneurs grande finance.

vi.
> Cest enfant aura beau langage,
> Et maintien d'homme honneste & sage.

vii.
> On n'aura le fort sans bataille,
> Si on permet qu'on l'auitaille.

viii.
> N'ayez soucy ne ialousie
> Que sur autre il ait fantasie.

ix.
> Ce regne est mal encommencé,
> Aussi sera peu auancé.

x.
> Ce songe est de grand' conséquence,
> Il merite bien qu'on y pense.

xi.
> En seureté sera remis
> Finablement par ses amis.

xii.
> N'achetez rien ny ne vendez,
> Ie vous conseille qu'attendez.

i.   *Mieux ne pourrois t'accommoder,*
Que maintenant pour marchander.

ii.   *Cestuy n'est point ensorcelé,*
Mais c'est vn mal par trop celé.

iii.   *Qui prent message ou escriture,*
Met ses amours à l'aduenture.

iiii.   *La fin, l'entree & les moyens,*
Auront moult d'inconueniens.

v.   *Celuy aura plus de duree,*
Dont la fin est plus desiree,

vi.   *Grans biens auras, mais sur le tard,*
Encor sera par grand hazard.

vii.   *Cestuy quelque chose qu'on face,*
Ne parlera de bonne grace.

viii.   *On le prendra s'on s'en efforce,*
Par subtilité, ou par force.

ix.   *Vostre amy n'est pas si leger,*
Pour vne autre de vous changer.

x.   *Combien qu'il soit doux & clement,*
Il ne regnera longuement.

xi.   *Qui bien ce songe exposeroit,*
La verité y trouueroit.

xii.   *S'il a peur, qu'il voise à refuge*
Demander asseurance au iuge.

i.
Ne fois point craintif & paureux,
En fin auras barre fur eux.

ii.
Rien à prefent n'achepterez,
Ou vous perdrez ce qu'y mettrez.

iii.
Il eft attaint de forcerie,
Qui luy fera grand facherie.

iiii.
Il vauldroit mieux fi tu es fage,
Toy mefme en faire le meffage.

v.
La chofe dont tu veux fçauoir,
Ne doibt pas bonne fin auoir.

vi.
Le plus auare & plus taquin
Premier mourra comme vn coquin.

vii.
Si veux à feruir t'employer,
En fin en auras grand loyer.

viii.
En parler fera gracieux,
Mais en fon port audacieux.

ix.
A ceux de dedans le cueur faut,
Ilz feront pris d'vn feul affaut.

x.
Il ne t'ayme que bien petit,
Car changement donne appetit.

xi.
Regner pourra par quelque efpace,
Mais en fin quittera la place.

xii.
Voftre fonge n'eft que folie,
N'en prenez point melancolie.

i.   *Ce songe on doibt pour vray tenir,*
S'il n'est aduenu, doibt venir.

ii.   *N'aye de rien crainte ou frayeur,*
Cil qui te menasse a grand peur.

iii.   *L'heure, le temps, & les personnes,*
Pour achepter te seront bonnes.

iiii.   *Soyez seur qu'on ne luy fit onques*
Sort, ne malefice quelconques.

v.   *L'amant discret, & bien appris,*
Craint par missiue estre surpris.

vi.   *Ceste chose quoy qu'il aduienne*
Ne peut qu'à bonne fin ne vienne.

vii.   *Celuy doit viure d'auantage,*
Qui de tous deux est le plus sage.

viii.   *Sois diligent, fay ton debuoir,*
Tu pourras grand richesse auoir.

ix.   *Il sera facond, & affable,*
A peine on verra son semblable.

x.   *Tel chat ne se prent pas sans mouffles,*
Quelqu'vn y lairra ses pantoufles.

xi.   *Il t'aime bien ie t'en asseure,*
Sois luy aussi fidele & seure.

xii.   *Il regnera quoy qu'on s'en dueille*
Bien, & long temps, & Dieu le vueille.

i.	Il n'aura pas longue durée, On a desia sa mort iurée.	i.
ii.	Ne croyez rien de vostre songe, Sinon que c'est vne mensonge.	ii.
iii.	Tu as grand peur, non sans propos, Mais en brief seras à repos.	iii.
iiii.	N'achetez pour le present rien, Car il ne vous en viendroit bien.	iiii.
v.	Croyez c'est vraye sorcerie, Qui pourra estre à temps guerie.	v.
vi.	N'enuoyez lettre ne message, Vous mesme en ferez d'auantage.	vi.
vii.	Aduisez vous, car ceste chose A mauuaise fin se dispose.	vii
viii.	Celuy qui tient l'autre à mespris, Sera pour vray le premier pris.	viii
ix.	Par ton excessiue largesse Tu n'auras iamais grand richesse.	ix
x.	En contrefaisant le plaisant, D'autruy sera grand mesdisant.	x
xi.	Ce lieu par feu, force, & famine En fin sera mis en ruyne.	x
x ii.	En cest amy ne mets ton cœur, Car pour certain c'est vn mocqueur.	xi

i.   *Tu as vn amy bien fidele,*
Il faut aussi que luy sois telle.

ii.   *Ce Roy sait fort bien gouuerner,*
Dieu le fera long temps regner.

iii.   *Ce songe que lon me propose,*
Signifie quelque grand' chose.

iiii.   *N'aye peur, mais garde toy bien,*
Car tout en fin viendra à rien.

v.   *L'heure est maintenant bien dispose*
Pour trafiquer en quelque chose.

vi.   *Ce n'est point fort quoy qu'on en die,*
C'est naturelle maladie.

vii.   *Escriuez luy subtilement,*
Et enuoyez secretement.

viii.   *Qui sagement se contiendra,*
La chose à bonne fin viendra.

ix.   *Ils sont bien loin de leur detes,*
Si l'vn des deux ne fait exces.

x.   *Si tu te conduis sagement,*
Tu enrichiras grandement.

xi.   *Il aura langage agreable,*
Le maintien doux & amiable.

xii.   *Les enfermez sont si vaillans,*
Qu'ils ne craindront les assaillans.

i.   Bien tost qui de pres la tiendra,
La forteresse se rendra.   i.

ii.   Tu es d'vn bon amy pourueuꝫ,
Qui ne te lairra despourueuꝫ.   ii.

iii.   Ce Roy dont on parle, soit seur
D'auoir bien tost vn successeur.   iii.

iiii.   Tu en croyras ce que vouldras,
Mais pour ce songe tu craindras.   iiii.

v.   Il faut en toy prendre esperance,
Car bien tost auras asseurance.   v.

vi.   Il faict bon pour faire partage,
Ou achepter quelque heritage.   vi.

vii.   Ce n'est sort n'incantation,
Mais folle imagination.   vii.

viii.   Si elle escript, & sçait bien lire,
Danger n'y a de luy escripre.   viii.

ix.   Poursuis viuement, importune,
A la fin t'aydera fortune.   ix.

x.   Celuy qui plus estudiera,
Premier à l'autre à Dieu dira.   x.

xi.   A marchander & traffiquer,
Grans biens tu pourrois practiquer.   xi.

xii.   Assez de langaige il aura,
Mais rien à propos ne dira.   xii.

i. Il ne vaudra rien à l'estude,
Car il aura l'esprit trop rude.

ii. A son honneur, quoy qu'il endure,
Il se vengera de l'iniure.

iii. Cest amour ne faudra iamais
Que par l'amy, ie vous prometz.

iiii. Ce Roy est de bonne nature,
A vn chacun fera droicture.

v. Le songe dont es en malaise,
Predict quelque chose mauuaise.

vi. Il est de soy bien fortuné,
Pour iamais n'estre empoisonné.

vii. Cessez d'en faire plus querelle,
Car iamais n'en orrez nouuelle.

viii. Si ce tesmoing est bien traicté,
Il dira plus que verité.

ix. Il faut que le mary trauaille,
S'il veut auoir enfant qui vaille.

x. Quoy que l'enfant iamais ne fit,
De le croire c'est son proffit.

xi. Ils n'auront ia par leur proësse,
Ne grand honneur ne grand richesse.

xii. N'espere point auoir grans biens,
Ieune ne vieil, tu n'auras riens.

i.	Grans biens auras & ieune & vieux	i.
	En despit de tes enuieux.	
ii.	De sa nature il sera sage,	ii.
	S'il n'apprent sera grand dommage.	
iii.	Si tu te veux en Dieu soumettre,	iii.
	Tu seras vengé, sans main mettre.	
iiii.	Cest amour faudra par l'amie,	iiii.
	Qui fera faute & infamie.	
v.	Ce Roy de conseil vsera	v.
	En tous les actes qu'il fera.	
vi.	Ce songe qu'as en fantasie	vi.
	Vient d'vn humeur de ialousie.	
vii.	Garde toy que ceux qui te hantent	vii.
	Quelque poison ne te presentent.	
viii.	Ceste chose sera sans doute	viii.
	Recouuerte en partie, ou toute.	
ix.	Cestuy est droit & veritable,	ix.
	Aussi est personne notable.	
x.	Ils auront selon leur desir	x.
	Grand nombre d'enfans à plaisir.	
xi.	Tu cognoistras si tu es sage	xi.
	Qui est son pere à son visage.	
xii.	A tous deux grans biens sont promis	xii.
	Mais ils auront bien peu d'amis.	

i. *Si l'aifné pourfuit fa fortune,*
La trouuera plus opportune.

ii. *Si tu ne te mets au hazard,*
Riche ne feras toft ne tard.

iii. *Il feroit meilleur cheualier*
Qu'il ne fera bon efcolier.

iiii. *De foy venger n'ait point d'efpoir,*
Car il n'a moyen ne pouuoir.

v. *La fin en fera peu louable,*
Car l'vn & l'autre eft variable.

vi. *Il ne faut point qu'on luy contefte,*
Car rien ne fera qu'à fa tefte.

vii. *Ton fonge predit & reuele*
Quelque fucceßion nouuelle.

viii. *N'aye point peur qu'on t'empoifonne*
Si plus grand' caufe on ne t'en donne.

ix. *D'orefnauant prenez mieux garde*
Sur le furplus qu'on ne le perde.

x. *Ceftuy faura le bien celer,*
Et le mal dire & reueler.

xi. *Ils font mal conioints ce me femble,*
Pour auoir des enfans enfemble.

xii. *Ne faut point que le pere tafche*
D'auoir refponfe qui le fafche.

i.	Sa mere qui en releua, Diroit bien comment il en va.	i.
ii.	Si le puisné veut prosperer, A la court se doibt retirer.	ii.
iii.	Il sera riche sans tarder, S'il se peut des femmes garder.	ii.
iiii.	Si le voulez aux armes mettre, Plus proffitera qu'à la lettre.	iii.
v.	Dissimule vn peu, & endure, En fin vengeras ceste iniure.	v.
vi.	Ceste amitié tant durera, Que la mort les separera.	vi.
vii.	Ce Roy est propre à tel office, Car il aime Dieu & iustice.	vii.
viii.	Ce songe vient de teste creuse, La fin en sera dangereuse.	viii
ix.	N'en faut point auoir de soucy, Car tu ne mourras pas ainsi.	ix.
x.	Le larron aurez à la suite, Si tant peu en faictes poursuite.	x.
xi.	Ce tesmoing est homme de bien, Ce qu'il dira ne nuira rien.	xi.
xii.	Ils en auront, mais que la dame Face debuoir d'honneste femme.	xii

i.   *Assez auront, & filz & filles,*
Car pour engendrer sont habiles.

ii.   *Encor faut il qu'il ayt vn pere,*
Mais ie n'en croiray que la mere.

iii.   *L'aisné par femme doibt auoir*
Bonne fortune, & grand auoir.

iiii.   *Pour tout certain riche seras*
Deslors que tu n'y penseras.

v.   *S'il suit l'estude en son ieune aage,*
Il deuiendra grand personnage.

vi.   *Tel souuent pense (& se tourmente)*
Venger sa honte, qui l'augmente.

vii.   *L'amitié par dons procuree,*
Ne peut auoir longue duree.

viii.   *Cestuy fera en tous endroictz*
Obseruer iustice & les droictz.

ix.   *Ce songe predict vn bon heur,*
Ou le songeux aura honneur.

x.   *Si tu te doubtes de poison,*
Ne pren repas hors ta maison.

xi.   *Pour quelque cas qu'ayez perdu,*
N'en soit vostre esprit esperdu.

xii.   *Ce tesmoing pourroit trop parler,*
Car il ne peut dissimuler.

i.
> Ce tesmoin verité dira,
> De ce qu'on luy demandera.

ii.
> Ils auront des enfans assez,
> Auant que leurs ans soyent passez.

iii.
> Il ne faut point qu'on improbere
> Au mary qu'il n'en soit le pere.

iiii.
> Le ieune s'il est bien instruit,
> Fera vn iour quelque grand fruit.

v.
> Quand du plaisir seras forclus,
> Tu auras des biens tant & plus.

vi.
> Il a l'esprit prompt & idoine
> A tout mal, le faut faire moine.

vii.
> Si on t'a fait iniure & tort,
> Vengé seras iusqu'à la mort.

viii.
> Leur amour n'est que volupté,
> Qui s'en va comme la beauté.

ix.
> Par trop son peuple chargera,
> De tributs qu'il exigera.

x.
> Ce songe, si bien on le poise,
> Signifie ennemis ou noise.

xi.
> Tu n'es en danger ie t'asseure
> D'autre poison que de luxure.

xii.
> Oubliez, la chose est perdue,
> Car iamais ne sera rendue.

Faites le bien par tout chercher,
En brief l'aurez, sans vous fascher.

Ce qu'il en sait il le dira
A cil qui l'interrogera.

Ils ne faudront pas qu'ils n'en ayent,
Mais si c'est tard, qu'ils ne s'esmayent.

La mere est sage & n'a forfaict,
Partant c'est son pere en effect.

L'aisné aura grand' alliance,
Et de hauts seigneurs l'accointance.

Modere ta folle ieunesse
Si tu veux auoir grand' richesse.

Cest enfant est de bonne indole
Pour apprendre, & mettre à l'escole.

Il te faut au seul Dieu ranger,
Car nul ne t'en peut mieux venger.

Tel amour ne pourra faillir,
Que mort ne les vienne assallir.

Ce Roy n'est bon pour gouuerner,
Il va ou on le veut mener.

Ce songe si bien tu l'entends,
Te dit qu'auras ce que pretends.

Il ne faut boire ne manger,
Hors sa maison pour le danger.

i.
> Si tu es riche & opulent,
> Pour ta santé sois vigilant.

ii.
> N'y pensez plus, car c'en est faict,
> Ou ie suis vn menteur parfaict.

iii.
> Ne t'attens pas que rien depose,
> Pour te seruir de quelque chose.

iiii.
> La femme est chiche & trop actiue,
> Iamais n'aura enfant qui viue.

v.
> Ne faictes point ce vitupere
> Au mary, car c'est le vray pere.

vi.
> Le ieune à grans biens paruiendra,
> Par vn bon heur qui luy viendra.

vii.
> N'espere point sinon bien tard,
> Auoir des biens de quelque part.

viii.
> L'enfant n'apprendra iamais rien,
> Mettez le ailleurs, vous ferez bien.

ix.
> Tu te mettras en grand danger,
> Et si ne t'en pourras venger.

x.
> Ceste amitié mal commencee,
> Entr'eux sera bien tost laissee.

xi.
> En luy n'aura que villannie,
> Que cruauté & tyrannie.

xii.
> Ce songe en effect apparent,
> Predict la mort d'vn tien parent.

De

i.   De ce songe vous certifie,
Qu'vn mariage signifie.

ii.   Ne pense qu'on cherche ta vie,
Aucun n'a dessus toy enuie.

iii.   Ne croyez point que ce soit perte,
Car bien tost sera recouuerte.

iiii.   Cestuy la verité dira,
Mais s'il peut à nul ne nuira.

v.   Ils auront grand nombre d'enfans,
Qui seront beaux & triomphans.

vi.   Ce pere doit l'aduouër sien,
Car il luy ressemble assez bien.

vii.   Le plus ieune par bon seruice,
Aura estat, ou benefice.

viii.   Soit en ieunesse, ou en vieillesse,
Tousiours aura grande richesse.

ix.   Bon seroit aux lettres, & mieux
S'on le faisoit religieux.

x.   Tu pourras honnorablement
Venger le cas finablement.

xi.   La mort seule aura la puissance
De dissoudre telle alliance.

xii.   Ce Roy cruel, & sans pitié
N'aura à son peuple amitié.

De   K

i.   Ce Roy sera sur tous inique,
Et sur son peuple tyrannique.

ii.   Ce songe veut signifier
Qu'il ne se faut en nul fier.

iii.   Tu crains la poison à merueilles,
Pour t'en sauuer faut que tu veilles.

iiii.   N'y pensez plus, quoy? c'est fortune,
Vous n'en recouurez chose aucune.

v.   Ce tesmoin qui l'introduira,
Dira tel cas qui te nuira.

vi.   La femme est mal accompagnee
Pour en auoir grande lignee.

vii.   Le pere doit estre celuy
Qui doit sauoir s'il est à luy.

viii.   Qui mieux à l'estude entendra,
Sera celuy qui paruiendra.

ix.   Grans biens n'aura en general,
Car il sera trop liberal.

x.   N'estimez que iamais puisse estre
Pour estudier quelque grand maistre.

xi.   Si de l'iniure on t'offre amende,
Accepte la, ie te commande.

xii.   Par l'amie trop dissoluë,
L'amitié sera resoluë.

i.
Ceste amitié continura,
Et iufqu'à la mort durera.

ii.
En bonne equité regnera,
Et fagement gouuernera.

iii.
Qui penfe à mal, à mal il fonge,
Son cœur malin fans fin fe ronge.

iiii.
Non fans raifon, tu crains poifon,
Ne mange point hors ta maifon.

v.
Ne vous fafchez aucunement,
Le tout r'aurez entierement.

vi.
Ceftuy dira la verité,
Dont quelqu'un fera irrité.

vii.
Le pere en fait bien fon deuoir,
Il doit plufieurs enfans auoir.

viii.
Chacun pour verité le tient
Que c'eft à luy qu'il appartient.

x.
Le puifné fera diligent,
Et moins que fon frere indigent.

x.
Ton bon efprit fait grand promeffe
Qu'auras des biens dés ta ieuneffe.

xi.
Il n'aura iamais habitude
Ny au conuent, n'y à l'eftude.

xii.
Diffimule vn peu cefte iniure,
Tel n'eft pas vaincu qui endure.

i. De telle iniure & violence
En brief saura prendre vengeance.

ii. Cest' amour tiendra longuement,
S'ils s'y gouuernent sagement.

iii. Sous sa Royale maiesté
Son peuple aura felicité.

iiii. Le songe dont tu te desfie
Rien que tout bien ne signifie.

v. Il est subtil & bien saura
Donner ordre que mal n'aura.

vi. De recouurer la perte auez
Assez moyen, si le trouuez.

vii. C'est vn finet, comment qu'il aille
Il ne dira chose qui vaille.

viii. Ia n'auront enfans, & le blasme
En tournera dessus la femme.

ix. Croire il en faut sans contredit
Ce que la mere en aura dit.

x. Le plus petit par son bon sens,
Riche sera plus que cinq cens.

xi. Si tost que voudras prendre peine,
De biens verras ta maison pleine.

xii. S'il vouloit aux lettres entendre,
C'est le meilleur qu'il pourroit prendre.

i.   Faites luy sa grammaire apprendre,
Vous ne pouuez en ce mesprendre.

ii.   Pour son bon sens, est arresté
Qu'il sera mis en liberté.

iii.   La dame aime d'amour louable,
L'amy ne fait pas le semblable.

iiii.   De ce Roy on doit estimer
Qu'il se fera craindre & aimer.

v.   Par ce presage tu dois faire
En diligence ton affaire.

vi.   Ce n'est venin, quoy qu'on en die,
Mais naturelle maladie.

vii.   Il n'est deduit que de la chasse,
Et poursuyr beste à la trace.

viii.   Son bannissement & malheur
Luy causera de son mal. heur.

ix.   Ie croy qu'il tient à tous les deux,
Pour la grand auarice d'eux.

x.   S'il vit ou s'il meurt ne vous chaille,
Vous n'en amendez d'vne maille.

xi.   Cherche autre par ton alliance,
Car cestuy n'est à ma plaisance.

xii.   Tu n'auras grans biens par nature,
Ne par art, ne par aduenture.

i.	*Des biens aura tant qu'il voudra,* *Ou sa fortune luy faudra.*	i.
ii.	*La science de chacun droit* *Luy sera propice & à droit.*	ii.
iii.	*En brief sera hors prison mis,* *Par le moyen de ses amis.*	iii.
iiii.	*A cest amant ie donne blasme* *De froidement aimer sa dame.*	iiii.
v.	*On en fera bien peu de conte,* *Car de mal viure il n'aura honte.*	v.
vi.	*Ce presage sans doute aucune* *Signifie bonne fortune.*	vi.
vii.	*Ce sont humeurs qui le destruisent,* *Et plus que la poison luy nuisent.*	vii.
viii.	*La chasse est bien plus merueilleuse* *En l'air, qu'au bois, & plus ioyeuse.*	viii
ix.	*Cestuy sera par tout remis,* *Malgré de tous ses ennemis.*	ix.
x.	*Pourtant si la femme retarde,* *Si en auront ils quoy qu'il tarde.*	x.
xi.	*Qu'en sa mort aucun ne s'attende,* *Il n'en a veine qui y tende.*	xi
xii.	*Il t'aime & ne voit qu'à demy,* *Sois luy semblablement amy.*	xi

i.
En luy n'y a point d'asseurance,
Pourtant n'y faut auoir fiance.

ii.
Tout ce que par art luy viendra
Follement il le despendra.

iii.
Il aimera la medecine,
C'est la science ou plus s'encline.

iiii.
Difficile est trouuer la voye,
Qu'en liberté iamais se voye.

v.
Des deux ne diray autrement,
Fors que l'vn aime, & l'autre ment.

vi.
De ses suiets maudit sera,
Car leur substance exigera.

vii.
Ie t'asseure que tel presage,
Predit quelque perte & dommage.

viii.
Poison y a, & à grand' peine
En guerira de la sepmaine.

ix.
C'est grand plaisir de voir aux bois
Quelque sanglier mettre aux abbois.

x.
Sa liberté est amortie,
Pour auoir trop forte partie.

xi.
Le mary est par trop ardant,
Sa femme attendra cependant.

xii.
Qu'il dispose de sa maison,
Car de partir il est saison.

i.	Si de faire exces il se garde, De mourir encor il n'a garde.	i.
ii.	L'amy dernier qu'auez acquis, Sera sur tous le plus exquis.	ii.
iii.	Telle aduenture luy viendra, Qu'à grand' richesse paruiendra.	iii.
iiii.	Ie dis que son esprit s'applique, Pour bien apprendre la musique.	iiii
v.	Il s'y conduira finem ent, Dont en sortira brieuement.	v.
vi.	Ces deux amans, comme il me semble, Sont bien associez ensemble.	vi
vii.	Ce Roy de bonté l'exemplaire Aimé sera du populaire.	vii.
viii.	Ce presage est signe apparent De la mort d'vn proche parent.	viii
ix.	Croyez qu'il n'est empoisonné, Quelque cas qu'on luy ait donné.	ix
x.	Les dames n'ont autre desir, Qu'à leurs faucons prendre plaisir.	x.
xi.	Vn bon amy te soustiendra, Si bien qu'à la fin reuiendra.	xi.
xii.	La dame est bien faite, & ne tient Qu'à son mary qu'elle soustient.	xii

i.   *Il peut à la dame tenir,*
Qui ne fait pas au poinct venir.

ii.   *Ceſtuy viura (comme i' afferme)*
Iuſques à ſon naturel terme.

iii.   *Ceſtuy eſt loyal & fidele,*
Et ſon amour eſt de bon zèle.

iiii.   *Tu auras vn iour grand richeſſe,*
Par ton eſprit & par fineſſe.

v.   *Il aimera philoſophie,*
Son naturel le ſignifie.

vi.   *On porte au captif telle enuie,*
Qu'il y ſera toute ſa vie.

vii.   *L'amant a le cœur plus vollage,*
La dame a bien meilleur courage.

viii.   *On l'aimera, & le craindra*
Lors que iuſtice entretiendra.

ix.   *De ce preſage ie teſmoigne,*
Qu'il te predit honte & vergogne.

x.   *On luy a fait certainement*
Tel cas qui luy nuit grandement.

xi.   *L'vn & l'autre ſont fort ioyeux,*
Mais la chaſſe i' aimerois mieux.

xii.   *Ie ne penſe pas qu'il aduienne*
Que iamais en grace reuienne.

K ſ

i. Encor sera finablement
R'appellé honnorablement.

ii. Le mary n'en doit auoir blasme,
En luy ne tient, c'est à la dame.

iii. Encores viura longuement,
Mais qu'il se garde sagement.

iiii. A seureté le dois aimer,
Car en luy n'y a point d'amer.

v. Il aura naturellement
Grans biens à son commandement.

vi. Il pourra estre en lettre saincte
Vn grand docteur, ce n'est pas fainte.

vii. I'ay de cestuy bonne esperance
Qu'en brief aura sa deliurance.

viii. L'amant est plus ferme & constant,
La dame ne l'aime pas tant.

ix. Il sera gracieux & doux,
Il se fera aimer de tous.

x. Ce signe ne predit que ioye,
Et d'vn bon heur que Dieu t'enuoye.

xi. Ce n'est le venin qui l'oppresse,
Mais le reliqua de ieunesse.

xii. Ie louë la course & deduit
D'vn bon leurier qui est bien duit.

i. C'est grand plaisir d'vn lieure pris
Par chiens courans & bien appris.

ii. Il est banny á tousioursmais,
Croyez qu'il n'en viendra iamais.

iii. La dame n'en doit blasme auoir,
Car elle en fait bien son deuoir.

iiii. Il viura le cours de son aage,
N'en enquerez rien d'auantage.

v. Cestuy, encor qu'il soit aimable,
A mon aduis sera muable.

vi. Des biens auras en abondance
Par bon esprit & prouidence.

vii. Il sera (quoy qu'il estudie)
Vn gros animal d'Arcadie.

viii. Cestuy trouuera le moyen
De sortir hors sans payer rien.

ix. De toy l'amour est foible & lent,
Mais le sien est plus violent.

x. Ce Roy sera victorieux,
Dont son peuple l'aimera mieux.

xi. Ce dont t'enquiers, est vn presage
Que tu dois prendre en bon vsage.

xii. C'est poison qu'il consummera,
Et dont brieucment guerira.

i.   On luy a fait boire ou manger
Tel cas dont il est en danger.

ii.   Le gentil faulcon a grand cœur,
C'est vn plaisir s'il est vainqueur.

iii.   Ne pensez pas iamais le voir
De son bien iouyssance auoir.

iiii.   Ne l'vn ne l'autre fait denoir,
Soit pour fournir ou receuoir.

v.   Sa nature est trop refroidie,
En brief mourra par maladie.

vi.   Si tu l'aimes, il t'aimera:
Sois luy fidele, aussi sera.

vii.   Il n'aura ia bonne aduenture,
Soit par art, fortune, ou nature.

viii.   Cestuy mettra toute sa cure,
A voir les secrets de nature.

ix.   S'autre aduenture ne l'emmaine,
il n'en sortira de sepmaine.

x.   Leur amitié change souuent,
Elle est plus legere que vent.

xi.   Vn Roy n'est digne d'amitié,
Qui du peuple n'aura pitié.

xii.   Ce presage dont as frayeur
T'aduertit de quelque malheur.

i. Ce presage de sa nature
Predit quelque bonne aduenture.

ii. Croyez que cestuy ne beut onques
De venin, ne poison quelconques.

iii. Les chiens & les oiseaux ensemble,
C'est vn grand plaisir, ce me semble.

iiii. Cestuy sera comme i'entens,
Remis par tout dans certain temps.

v. La dame est prompte à receuoir,
Mais bien tardiue à conceuoir.

vi. Cestuy viura plus volontiers,
Que ne voudront ses heritiers.

vii. Ce compagnon dont tu t'enquiers
Sera fidele volontiers.

viii. Fortune, nature, & raison,
Te donneront riche maison.

ix. L'estude de la loy ciuile
Luy sera propice & vtile.

x. Il a bien moyen d'en sortir,
Mais il n'est pas temps de partir.

xi. Tous deux aiment d'affection,
Il n'y a point de fiction.

xii. Il regnera si iustement
Qu'on l'aimera parfaitement.

i.	*Le pauure peuple n'aimera* *Ce Roy qui trop le pillera.*	i.
ii.	*Ne t'arreste point au presage,* *En Dieu te fie, & seras sage.*	ii.
iii.	*Cestuy a, ou ie suis mocqueur,* *Quelque venin dessus le cœur.*	iii
iiii.	*L'oiseau donne plaisir aux yeux,* *Qui fait que son vol i'aime mieux.*	iiii
v.	*Il n'est pas prest d'estre remis,* *S'il n'a plus grand secours d'amis.*	v
vi.	*L'vn est trop froid, & l'autre chaud,* *L'vn trop s'auance, & l'autre faut.*	vi.
vii.	*Ne t'enquiers point dessus sa vie,* *Il viura plus que n'as enuie.*	vii
viii.	*En cest amy a tel deffaut,* *Que ce n'est pas ce qu'il te faut.*	viii
ix.	*Il sera pauure & langoureux,* *Car iamais ne sera heureux.*	ix
x.	*Il aimera mieux quelque histoire* *Et les armes que l'escritoire.*	x.
xi.	*Il n'en sera iamais hors mis,* *Si ce n'est à force d'amis.*	xi
xii.	*La dame a le cœur plus entier,* *Car l'amy n'est qu'vn villotier.*	xii

i.   Ils font tous deux vrais amoureux,
      Ie ne fay qui aime le mieux.

ii.   Ceſtuy fera fort eſtimé,
      Et de fon peuple bien aimé.

iii. En ce prefage y a bon heur,
      Il te predit ioye & honneur.

iiii. Ce n'eſt venin qui luy mesfait,
      Mais vn grand exces qu'il a fait.

v.   La chaſſe ie voudrois choifir,
      Pour mieux en auoir mon plaifir.

vi.   Il aura tant de bons amis,
      Qu'en fes eſtats fera remis.

vii. La dame eſt preſte à conceuoir,
      Si l'homme faifoit fon deuoir.

viii. Long temps viura felon nature,
      S'il n'eſt affoibli par luxure.

ix.   Ceſtuy eſt amiable & doux,
      Il fera fidele fur tous.

x.   Ceſtuy aura quelque bon heur,
      Dont fera riche & en honneur.

xi.   Toute fcience delectable
      Luy fera bonne & profitable.

xii. Par quelque accord & par finance,
      En brief aura fa deliurance.

i.   *Ce prisonnier sera deliure*
Prochainement, ce dit ce liure.

ii.   *L'amy doit auoir l'auantage,*
Quoy qu'elle aime de bon courage.

iii.   *Pere du peuple on le dira,*
Car le bien commun gardera.

iiii.   *Par ce presage dois preuoir*
Qu'il te faut faire ton deuoir.

v.   *Il a senti quelque air infect,*
Qui le rend si palle & desfait.

vi.   *La chasse sans l'oiseau se fait,*
Sans chiens l'oiseau a peu d'effect.

vii.   *Par son esprit si bien saura*
Poursuyr son r'appel, qu'il l'aura.

viii.   *S'ils n'ont tous deux enfans en somme,*
Certes il ne tient pas à l'homme.

ix.   *Tel de son pere à la mort pense,*
Qui premier ira à la danse.

x.   *En luy n'y a point de demy,*
Tousiours sera parfait amy.

xi.   *Tu seras tant auare & chiche,*
Que sur la fin deuiendras riche.

xii.   *Il aimera toute science,*
Pour en auoir l'experience.

i.   *Il est rustiq de sa nature,*
Qu'on le mette à l'agriculture.

ii.   *Quelque tristesse qu'on te voye,*
En fin sera tournee en ioye.

iii.   *Il aime ton bien & honneur,*
D'auoir tel amy c'est bon heur.

iiii.   *Cestuy sera riche & puissant,*
Et son royaume florissant.

v.   *N'allez chercher en tant de lieux*
La verité, en ces faux dieux.

vi.   *Ceste mort est bonne de soy,*
Quand on la souffre pour la foy.

vii.   *De te marier n'aye enuie,*
Mais sois garçon toute ta vie.

viii.   *Il seruira de bonne grace,*
Encor qu'il fust de noble race.

ix.   *C'est qu'elle est grasse & en bon poinct,*
Car d'enfant elle n'en a point.

x.   *Ne t'attends pas d'auoir grans biens*
Par la succession des tiens.

xi.   *Il n'est pas bon pour ta mesgnie,*
Cherche ailleurs autre compagnie.

xii.   *D'auoir iamais n'aye asseurance*
Ce que tu as en esperance.

L

i.   *A ton plaisir & en brief temps*
Auras la chose que pretens.

ii.   *S'il escrit bien fay le notaire,*
Tabellion ou secretaire.

iii.   *Ne sois fasché, car ta tristesse*
En fin tournera en liesse.

iiii.   *En cest amy n'aye fiance,*
Car ie n'y voy point d'asseurance.

v.   *En guerre n'aura son pareil,*
Car il fera tout par conseil.

vi.   *Trouuer pourras tel homme à point*
Qui du faict ne mentira point.

vii.   *La mort est bonne en sa prouince,*
Pour soustenir le droit du Prince.

viii.   *De bonne mere pren la fille,*
Le marier t'est fort vtile.

ix.   *Il sera de noble nature,*
Et franc sur toute creature.

x.   *Elle est d'vn enfant grosse & pleine,*
Qui luy donra beaucoup de peine.

xi.   *Il sera opulent en biens,*
Par la succession des siens.

xii.   *Suy le hardiment tel qu'il soit,*
Bien fin sera s'il te deçoit.

i.

    Il ne te faut l'accompagner,
A perdre y a plus qu'à gaigner.

ii.

    Il n'a la fortune prospere,
Pour obtenir ce qu'il espere.

iii.

    Cestuy volontiers apprendra
Tout ce qu'aux armes conuiendra.

iiii.

    En ceste tristesse il mourra,
Car amander ne la pourra.

v.

    Il n'est amy, mais vn moqueur,
Garde toy d'y mettre ton cœur.

vi.

    S'on ne le cherche, il cherchera,
Et d'auoir guerre taschera.

vii.

    Par geomance on te dira
De ton faict comment il ira.

viii.

    La mort est tousiours rigoureuse,
Bien peu en est qui soit heureuse.

ix.

    Si me crois ne te mariras,
Car ialoux ou cocu seras.

x.

    Cestuy tant qu'il sera viuant
Sera vn seruiteur seruant.

xi.

    Aucun enfant n'a dans le ventre,
Mettre y en faut, ou qu'il y entre.

xii.

    D'auoir succession qui vaille
Ne t'y attens, partant trauaille.

i. *Tu peux auoir si tu es sage*
De tes parens grand heritage.

ii. *Il est digne qu'on l'accompagne,*
Sans le laisser en la campagne.

iii. *Il aura tout ce qu'il attend*
En la maniere qu'il pretend.

iiii. *Fais luy apprendre la peinture,*
Et les pourtraits d'architecture.

v. *Quoy qu'il endure iours & nuicts*
Il sortira de ses ennuis.

vi. *Cest amy est bon & loyal,*
Aussi luy dois estre feal.

vii. *Lors que la guerre finera,*
Son peuple en paix gouuernera,

viii. *Ne croyez en aucun deuin,*
Qui rien ne dit s'il n'a le vin,

ix. *La mort du bien viuant desire,*
Celle du pecheur est la pire.

x. *Si tu veux viure & auoir ioye,*
Suy de mariage la voye.

xi. *Nature le fait noble & franc,*
Plus que ne fait le noble sang.

xii. *Elle est grosse comme i'entens,*
Mais il n'y a pas fort long temps.

i.   Si grosse n'est ne luy soit grief,
Car elle le sera de brief.

ii.   Encor auras comme i'espere,
Quelque iour les biens de ton pere.

iii.   Sa compagnie est bonne & belle,
La tienne luy soit aussi telle.

iiii.   Il aura la chose sans doute,
Qu'il espere en partie ou toute.

v.   Faites luy apprendre à escrire,
A bien conter, & à bien lire.

vi.   Il est fasché de telle sorte,
Qu'à peine aura qui le conforte.

vii.   Cestuy est desloyal & faux,
Ce n'est pas bien ce qu'il te faut.

viii.   Tant qu'il ait bien senti la guerre,
Il n'aura la paix sur sa terre.

ix.   C'est vn abus, & croire en vain
D'aiouster foy à vn deuin.

x.   Ie priserois la mort soudaine,
Pource qu'on meurt à moindre peine.

xi.   Garde t'en bien, car qui se charge
De femme, prend vne grand charge.

xii.   Il sera de moyenne guise,
Entre seruitude & franchise.

i.	*Il aura bonne nourriture,* *Et sera de franche nature.*
ii.	*I'asseure bien qu'elle est enceinte* *D'vn bel enfant, ce n'est pas fainte.*
iii.	*D'amander rien ne t'attens pas* *Par testament ne par trespas.*
iiii.	*Accompagnez ceste personne,* *Car sa compagnie est tresbonne.*
v.	*Ce que tu pretends est ton heur,* *Aussi l'auras à grand honneur.*
vi.	*S'on le fait orfeure ou changeur,* *En l'or aura & au change heur.*
vii.	*Ceste tristesse cessera,* *Et fort ioyeux en brief sera.*
viii.	*Cestuy te monstra par effect* *Qu'il est vray amy & parfait.*
ix.	*Mieux aimera paix acheter,* *Qu'en guerre ses gens molester.*
x.	*Ne crains point l'esprit esprouuer* *Pour verité en luy trouuer.*
xi.	*En langueur la vie est trop chere,* *Moins viure, & faire bonne chere.*
xii.	*Soy marier ce n'est point vice,* *Mais garde d'entrer en seruice.*

i.   *Pour empefcher qu'il ne varie,*
Ie fuis d'auis qu'il fe marie.

ii.   *Son efprit fera dur & rude,*
Et deftiné à feruitude.

iii.   *Il la faut vn peu foulager,*
Car elle eft groffe & en danger.

iiii.   *Ne t'attens point à ton parent*
Pour eftre riche & apparent.

v.   *Si ce n'eft bien à grand befoin,*
De l'accompagner n'aye foin.

vi.   *Il aura le bien pretendu*
Quand il aura bien attendu.

vii.   *Ceftuy la mer frequentera,*
Et grans biens en r'apportera.

viii.   *Si tu auois en toy conftance,*
Tu ferois au dueil refiftance.

ix.   *Tu ne luy diras ton affaire,*
Sinon autant qu'en as affaire.

x.   *Par fon efprit tiendra paifible*
Son peuple tant qu'il eft poffible.

xi.   *Qui bien l'art magique entendroit,*
Il fauroit tout ce qu'il voudroit.

xii.   *La mort contrainte a plus de gloire*
Par la faignee, ou venin boire.

i. Si la mort venoit à desir,
Le lict d'honneur voudrois choisir.

ii. Le ioug est fort de mariage,
Ne t'y mets point si tu es sage.

iii. S'il ne sert il se fera tort,
Car il sera puissant & fort.

iiii. Ce sont humeurs dont elle est pleine,
Car la dame n'est gueres saine.

v. A pere, mere, frere, ou sœur,
De s'y attendre, il n'est pas seur.

vi. D'accompagner tel personnage
Garde toy bien si tu es sage.

vii. N'espere point choses si grandes,
Tu n'auras pas ce que demandes.

viii. Il sera bon à tout mestier,
Soit cordonnier ou pelletier.

ix. Cest homme est trop melancolique,
Resiouyr le faut par musique.

x. Or quelque amy qu'il soit, iamais
Le tien secret ne luy commets.

xi. Ce Roy sera cruel & fier,
Chacun le voudra desfier.

xii. La verité vous n'en saurez,
Si quelque esprit ne coniurez.

i.   *Fuyez ces diuinations,*
Ce ne sont que deceptions.

ii.   *Toute mort est abominable,*
Ie n'en voy point qui soit louable.

iii.   *Il t'est besoin auoir lignee,*
Mais pren femme qui soit bien nec.

iiii.   *Cestuy n'aura chose si vile*
Que la condition seruile.

v.   *C'est d'vn enfant, n'en faut douter,*
Mais il pourra bien cher couster.

vi.   *Grans biens auras, & heritage*
Par succession, & partage.

vii.   *Accompagnez le seurement,*
Vous en aurez soulagement.

viii.   *Ce que demandes en brief temps,*
Te rendra ioyeux & contens.

ix.   *Fy de mestier, c'est son plus court*
De suyure en ieunesse la court.

x.   *Le temps ainsi qu'il passera*
Toute tristesse appaisera.

xi.   *Garde cestuy comme l'œil dextre,*
Car meilleur amy ne peut estre.

xii.   *En paix il regnera s'il peut,*
Car il la desire & la veut.

L 5

i.	*Il aimera trop d'auoir guerre,* *En danger de perdre sa terre.*	i.
ii.	*Ne soyez point tant incité* *De chercher en sort verité.*	ii.
iii.	*Pour bien mourir il faut bien viure,* *Pour de ce monde estre deliure.*	iii.
iiii.	*Tien toy de mariage arriere,* *Que mariage ne te fiere.*	iiii.
v.	*En tel seruice pourra estre,* *Qu'il sera plus libre qu'vn maistre.*	v.
vi.	*Ceste n'est pas (quoy qu'on en die)* *Grosse d'enfant,c'est maladie.*	vi.
vii.	*Va t'en ailleurs chercher adresse,* *De tes parens n'auras richesse.*	vii.
viii.	*Va t'en plustost loin à l'escart* *Chercher compagnie autre part.*	viii.
ix.	*Qu'il espere tant qu'il voudra,* *A son desir ne paruiendra.*	ix.
x.	*Il seroit fort bon cousturier,* *Drapier,tondeur,ou tainturier.*	x.
xi.	*S'il ne prent garde à son affaire* *On luy donra plus fort affaire.*	xi.
xii.	*En toy te fie,à toy regarde,* *Et d'vn chacun te donne garde.*	xii.

i.　　Cil ou tu as affection,
Est vray amy sans fiction.

ii.　　Il aura la felicité
D'auoir paix & tranquilité.

iii.　　Tu sauras par enchantement
La verité entierement.

iiii.　　Auoir enfans, biens, & bon aage,
Donne à mourir meilleur courage.

v.　　Pren femme habile à conceuoir,
Plus grand bien ne pourrois auoir.

vi.　　Ce ieune enfant sans en mentir
Ne voudra point s'assuiettir.

vii.　　Ell'est enceinte, & aura ioye,
De son enfant mais qu'ell' le voye.

viii.　　Cestuy aura, ou tost ou tard,
Des biens de son pere grand part.

ix.　　Ne laisse cestuy pour tout rien,
Car en luy ne verras que bien.

x.　　Ce qu'il espere entierement,
Il obtiendra facilement.

xi.　　Cestuy n'aimera que les ieux,
Et instrumens melodieux.

xii.　　Il n'est rien que le temps n'appaise,
Tu n'auras pas tousiours malaise.

i. | Tel cas fortuit l'esiouyra
Que sa tristesse s'en ira.

ii. | Il n'est pas tel comme il fait mine,
Garde toy bien qu'il ne t'affine.

iii. | Il regnera par sa prouesse
En bonne paix & en liesse.

iiii. | Ne vous fiez en l'art magique,
C'est vn abus diabolique.

v. | Mourir est bon de mort notable,
Qui soit au peuple profitable.

vi. | Cil qui veut viure en liberté
Ne doit à femme estre arresté.

vii. | De l'asseruir ce n'est droiture,
Son cœur est libre de nature.

viii. | S'elle n'est grosse, ie me vante
Qu'elle n'en perdra que l'attente.

ix. | Il aura vn iour grand richesse,
Mais ce sera par sa prouesse.

x. | Plustost t'en deurois esloigner,
Que le suyure & accompagner.

xi. | Tu l'auras, & à ton honneur,
Mais ne sera sans grand labeur.

xii. | Cestuy aimera fort l'vsage
De paindre, ou tailler quelqu'image.

i. *Son cœur plein de melancolie*
Songe à present quelque folie.

ii. *Il ne t'en faut douter de rien,*
Il ne demande que ton bien.

iii. *Sous ton credit auras amis,*
Qui autrement sont ennemis.

iiii. *Il sera de si noble affaire*
Qu'il fera ce qu'vn Roy doit faire,

v. *Si l'ire de Dieu ne s'appaise,*
La guerre nous sera mauuaise.

vi. *Cestuy malgré ses enuieux*
Long temps viura, & sera vieux.

vii. *La fille plait pour quelque temps,*
Mais la vefue a deniers contens.

viii. *D'vn tel valet donne toy garde,*
Sa langue est pire que lezarde.

ix. *Vn fils aurez, mais prenez garde*
De trouuer vne bonne garde.

x. *Beaucoup de biens, mais chers seront,*
Pour les tributs qui hausseront.

xi. *Il vaut mieux encor seiourner,*
Que telles gens accompagner.

xii. *A peu de biens de grans affaires,*
A peu d'amis grans aduersaires.

i.
> Il fera bien, & s'il peut mieux,
> Qu'il n'aura sur luy enuieux.

ii.
> Cestuy a le cœur si loyal,
> Qu'il ne s'adonne à penser mal.

iii.
> Il te veut, & peut deceuoir,
> A ton affaire faut pouruoir.

iiii.
> Tu auras amis à ta table,
> Dont l'amitié n'est gueres stable.

v.
> Pour l'ennemy vaincre & gaigner,
> Son corps n'y voudra espargner.

vi.
> Si nous n'auons à Dieu recours,
> Paix & iustice n'auront cours.

vii.
> Fusse ton parent ou ton pere,
> Il viura plus que l'on n'espere.

viii.
> La fille est follastre & ioyeuse,
> La vefue est sage & cauteleuse.

ix.
> Il est bien sage & arresté,
> Mais il veut estre bien traitté.

x.
> C'est vn fils, & peut estre deux,
> Dont le pere sera ioyeux.

xi.
> L'annee sera gracieuse,
> Et de plusieurs biens fructueuse.

xii.
> Mieux vaut qu'il y voise que non,
> Pour acquerir bruit & renom.

i. L'heure n'est pas bien opportune,
Pour suyure compagnie aucune.

ii. Fasché seras & ennuyeux,
De voir sur toy tant d'enuieux.

iii. Son cœur felon & rempli d'ire,
De mal penser tousiours souspire.

iiii. Cestuy si bien vous deceura,
Que nul ne s'en aperceura.

v. Tu es d'honneur ambicieux,
Aussi auras maints enuieux.

vi. Pour estre auare & conuoiteux,
Son peuple en sera souffreteux.

vii. L'ambition & l'auarice
Des grans seigneurs corrompt iustice.

viii. En brief mourra, comme on desire,
Mais du temps ie ne le puis dire.

ix. La vefue sait que c'est d'honneur,
Mieux saura traitter son seigneur.

x. En ce valet n'auras fiance,
Il n'a pas bonne conscience.

xi. C'est vn beau fils droit & sans vice,
Mais donnez luy bonne nourrice.

xii. Qui aura bleds & vins en garde,
Ie luy conseille qu'il les garde.

i.　　Des biens aurons à grand foison
Ceste annee en toute saison.

ii.　　La compagnie, & l'heure est bonne,
Suy la si le cas s'y adonne.

iii.　　Il viura de si bonne vie,
Que nul n'aura sur luy enuie.

iiii.　　Il pense aux amoureux plaisirs,
Et de contenter ses desirs.

v.　　Il aime à vous faire seruice,
Ne luy imputez rien à vice.

vi.　　L'estat te fera mescognoistre,
Et bien peu d'amis apparoistre.

vii.　　Il sera preux & de grand soin,
Pour ses gens defendre au besoin.

viii.　　De bien tost voir i'ay asseurance
Iustice & paix regner en France.

ix.　　Il viura plus selon ce sort,
Que cil qui desire sa mort.

x.　　De bailler viendroit mal à poinct,
A chausses neufues vieil pourpoint.

xi.　　Gardez le, c'est vn bon seruant
Pour vous, tant qu'il sera viuant.

xii.　　Ceste damoiselle gentile
N'enfantera que d'vne fille.

Sachez

i.   *Sachez qu'vn beau fils elle aura,*
Duquel en ioye accouchera.

ii.   *Le ciel menasse fort la terre*
Cest an, de luy faire la guerre.

iii.   *Tien toy seulet en ta maison,*
Car de partir n'est pas saison.

iiii.   *Pour les enuieux ne te fasche,*
Mais à bien faire tousiours tasche.

v.   *Cestuy ne pense en verité*
Qu'à tout bien & honnesteté.

vi.   *Prenez bien garde à vostre affaire,*
Il ne tasche qu'à vous mal faire.

vii.   *Si tn fais bien, on t'aimera,*
Si fais mal, on te blasmera.

viii.   *Si peu fera conte d'argent,*
Qu'il rendra son peuple indigent.

ix.   *Ne pensez point auoir iustice*
Tant que venal sera l'office.

x.   *Cestuy viura par si long temps*
Que plusieurs n'en seront contens.

xi.   *La fille douce & amiable*
Plus que la vefue est aggreable.

xii.   *Ce seruiteur fait bonne mine,*
Garde toy bien qu'il ne t'affine.

M

i.
> Il ne veut que bien & honneur,
> Et loyauté à son seigneur.

ii.
> Elle aura vn fils voirement,
> Mais ne sera sans grand tourment.

iii.
> La terre est bien mal ordonnée,
> Pour auoir grans biens ceste année.

iiii.
> Si c'est compagnie honorable,
> L'heure est aussi bien conuenable.

v.
> Mout d'enuieux te courront sus,
> Mais en fin viendras au dessus.

vi.
> C'est vn bon resueur, qui sans cesse
> Songe à la malice & finesse.

vii.
> De cestuy ne vous faut chaloir,
> Car de mal faire n'a pouuoir.

viii.
> En quelque estat que seras mis
> Tu acquerras de bons amis.

ix.
> Il sera franc, & chef propice
> Pour bien conduire vn exercice.

x.
> Lors iustice & paix regnera
> Quand l'ambition cessera.

xi.
> Cestuy viura sain & deliure,
> Plus qu'on ne le souhaite viure.

xii.
> Pren fille si tu es dispos,
> Ou vefue si tu veux repos.

i.   *Si tu me crois prens vne fille,*
      Car à dompter est plus facile.

ii.   *A ce seruiteur que voyez*
      Ne vous fiez si me croyez.

iii. *Ie donne à la dame presente*
      Vne tresbelle fille & gente.

iiii. *Cest' année assez bien s'ordonne,*
      Pour estre suffisamment bonne.

v.   *Si tu m'en crois tu n'iras pas,*
      Pour le danger d'vn mauuais pas.

vi.   *Force enuieux, peu d'amitié,*
      Mieux vaut enuie que pitié.

vii. *Il pense à faire aucun voyage,*
      Ou quelque chose assez volage.

viii. *Quant il le voudroit il ne peut,*
      Il ne fait pas tout ce qu'il veut.

ix.   *Pour estre aimé ne te fais craindre,*
      Ne donnant moyen de se plaindre.

x.   *En guerre sera diligent,*
      Mais qu'on luy baille force argent.

xi.   *Iustice & paix sont dons de Dieu,*
      Sans luy ne sont en aucun lieu.

xii. *Il mourra bien tost i'en suis seur,*
      Mais ce sera sans grand langueur.

i. *Il pourra dans brief temps mourir,*
Sans qu'on l'en puisse secourir.

ii. *Le ieune la pucelle prenne,*
Le vieil à la vefue se tienne.

iii. *Ce seruiteur a bon courage,*
Mais il a l'esprit trop volage.

iiii. *Elle sera d'vn fils deliure,*
Qui toutesfois n'est pas pour viure.

v. *Des fruicts de terre on aura peu,*
Mais chacun en sera repeu.

vi. *D'aduis ne suis d'accompagner*
Ceux qu'on t'est venu enseigner.

vii. *D'enuieux n'auras point, pourquoy?*
Par ce que n'auras pas dequoy.

viii. *Ce qu'il pense est pour son plaisir,*
Et pour contenter son desir.

ix. *Il a le vouloir & pouuoir,*
De l'appaiser fais ton deuoir.

x. *Aime vn chacun on t'aimera,*
Fais iustice, on t'estimera.

xi. *Il sera chiche & casanier,*
Sans point les armes manier.

xii. *Faites le mieux que vous pourrez,*
Paix ne iustice onques n'aurez.

i.
Iustice & paix certainement
Leur regne auront finablement.

ii.
Cestuy de viure asi grand signe,
Qu'il deuiendra plus blanc qu'vn cygne.

iii.
La ieune fille est plus aimable,
Et pour le plaisir agreable.

iiii.
Ce seruiteur quant est de soy,
Est loyal, & de bonne foy.

v.
Son ventre est rond comme vne bille,
Ie croy qu'ell' aura vne fille.

vi.
Voicy l'an que les vsuriers,
S'en iront pendre en leurs greniers.

vii.
Il n'est meilleur heure que ceste,
Pour suyure compagnie honneste.

viii.
Cestuy se gouuerne si bien,
Que l'enuieux n'y mordra rien.

ix.
Cestuy pense, non sans raison,
Aux affaires de la maison.

x.
Il est loyal & de foy bonne,
Douter ne faut de sa personne.

xi.
Cest homme en telle grace abonde,
Qu'aimé sera de tout le monde.

xii.
Il sera franc pour bien despendre,
Preux & vaillant pour se defendre.

i.
A tous sera en general,
Doux & humain,& liberal.

ii.
Iustice & paix ne regneront
Tant que les guerres dureront.

iii.
Croyez cestuy ne mourra pas
Si tost qu'on voudroit son trespas.

iiii.
On pourroit trouuer vefue telle
Qui vaudroit mieux qu'vne pucelle.

v.
Cestuy tant bien soit il appris,
Est malin,& sera repris.

vi.
Ceste d'vn fils enfantera,
Qui le pere contentera.

vii.
Si Dieu ne pense és biens & fruicts,
Ils seront tous cest an destruits.

viii.
Si la compagnie est ioyeuse,
Aussi est l'heure bien heureuse.

ix.
Tu seras riche & tres heureux,
En despit de tes enuieux.

x.
Il pense à faire vilennie,
En quelque affaire qu'il manie.

xi.
Il veut & peut vous deceuoir,
Il faut sur luy bon œil auoir.

xii.
Tu acquerras beaucoup d'amis,
Aussi auras mout d'ennemis.

i. *Tandis qu'auras biens amassez,*
Tu auras des amis assez.

ii. *Il aimera faire largesse,*
Au reste plein de grand proësse.

iii. *Si nous n'auons recours à Dieu,*
Iustice & paix n'auront point lieu.

iiii. *Ne pensez pas d'auoir ses biens,*
Il viura tant que n'aurez riens.

v. *La ieune fille est à choisir,*
Pour d'vne femme auoir plaisir.

vi. *Il est seur & homme de bien,*
S'il n'empire il seruira bien.

vii. *Ceste dame semble pesante,*
D'vne fille sera gisante.

viii. *Des fruicts aurons moyennement,*
Et d'autres biens competemment.

ix. *Ceste heure pour aller à l'aise*
N'est ne trop bonne ne mauuaise.

x. *Pourueu que ne sois point ialoux*
Tu te feras aimer de tous.

xi. *Cestuy n'a point autre desir,*
Que de penser à son plaisir.

xii. *Ne vous fiez pas trop aux gens,*
Mesmement qui sont indigens.

i. Qu'il soit sur sa garde s'il veut,
Car il le deceura s'il peut.

ii. Par ton estat, & pres & loin,
Auras des amis au besoin.

iii. Il sera liberal & prompt
Pour à l'ennemy faire front.

iiii. Lors que la guerre cessera
La iustice en regne sera.

v. S'il ne se garde sagement,
Il ne viura pas longuement.

vi. De fille à faire, on a seruice,
La vesue on prent par auarice.

vii. Si le maistre est bon & loyal,
Le seruiteur sera feal.

viii. Assez vaut vne fille bonne,
Prenez en gré ce que Dieu donne.

ix. Cest an ne faut que te reposes,
Car peu aurons de toutes choses.

x. Pour bien ton affaire asseurer,
Ie te conseille demeurer.

xi. Tu auras grand nombre d'amis,
Et peu d'enuieux ennemis.

xii. Son pensement est variable,
Aussi iamais n'est veritable.

i. Il dit ce qu'il pense en son cœur,
Et croyez qu'il n'est point moqueur.

ii. Pren garde à toy, car sur ta vie
Plusieurs maluueillans ont enuie.

iii. Vn pauure amy de bon vouloir,
Mieux que le riche peut valoir.

iiii. Il n'est Roy mais tyran celuy
Qui s'empare du bien d'autruy.

v. Ne vous mettez si tost en voye,
Que mauuais heur ne vous conuoye.

vi. Il mourra vieil, quoy qu'on en die,
Mais fort suiet à maladie.

vii. Ce que tu aimes point n'auras,
Mais ailleurs te contenteras.

viii. Ne pren cestuy pour te seruir,
Car tu n'en pourrois pas cheuir.

ix. Cestuy sera fort solitaire,
Aimant peu parler, ou se taire.

x. Les bleds & vins, & pied fourché
Ne seront point à bon marché.

xi. Ce iuge n'est pas profitable,
Car il est rude & mal traictable.

xii. Tu n'y feras bien ton affaire,
Car fortune y sera contraire.

i.

Suis ta fortune & ne crains rien,
Car le hazard te dira bien.

ii.

Tantost dit d'vn, tantost d'vn autre,
Croyez que c'est vn fin apostre.

iii.

Ne sois fasché, mais fort ioyeux
En despit de tes enuieux.

iiii.

Le riche est bon pour secourir,
Et le pauure amy pour courir.

v.

Celuy doit estre à Roy tenu,
Qui de sang Royal est venu.

vi.

N'y allez pas si c'est bien loin,
Si c'est pres en aurez besoin.

vii.

A long temps viure est destiné,
Si par exces n'est ruiné.

viii.

A ioye & à liesse grande
Aura celuy qu'elle demande.

ix.

Pour estre à ton intention,
Sache de luy sa nation.

x.

Cestuy voudra selon raison
Viure en honneur en sa maison.

xi.

Feues, pois, huiles, & potages
Assez aurons, peu de fruitages.

xii.

Ce iuge est bon & gracieux,
On ne pourroit souhaiter mieux.

i.
Ce iuge à mon intention,
Est de mauuaise affection.

ii.
N'y mets rien, ou tu le perdras,
Ou follement le despendras.

iii.
Il ne dit pas tout ce qu'il pense
Quand c'est chose de consequence.

iiii.
Il faut aller droit en besongne,
Car maint enuieux sur toy grongne.

v.
Le pauure amy n'a force aucune,
Le riche sert pour sa pecune.

vi.
Cestuy faut prendre pour regner
Qui sait que c'est que gouuerner.

vii.
Partez hardiment, car fortune
Est à vostre gré opportune.

viii.
Il sentira le grand effort
(Dés sa ieunesse) de la mort.

ix.
C'est grand folie de s'attendre
Qu'en tel lieu on vous vueille prendre.

x.
Ton valet long temps seruira,
Mais en fin te desseruira.

xi.
Cestuy ne prisera vertu,
Ne la science vn seul festu.

xii.
De bleds & vins fais en ta queste,
Car ils seront en grand requeste.

i.   L'espicerie sera chere,
Du reste on fera bonne chere.   i.

ii.   Ce iuge, quant à sa personne,
A nature amiable & bonne.   ii.

iii.   Rien ne perdras en cest endroit,
Si tu es equitable & droit.   iii.

iiii.   Asseurez vous qu'alors il ment,
Quand plus l'afferme par serment.   iiii.

v.   Cest homme (dont ie m'esmerueille)
N'a enuieux qui mal luy vueille.   v.

vi.   On ne sait pas que peut valoir
Le pauure amy de bon vouloir.   vi.

vii.   La puissance grande & soudaine
En fin au peuple est inhumaine.   vii.

viii.   Le temps n'est pas bien auenant
Pour chemin faire maintenant.   viii

ix.   Il viendra à vieillesse telle,
Qu'il mourra comme vne chandelle.   ix.

x.   Tu n'auras (dont me fais pitié)
Ce qu'as choisi par amitié.   x.

xi.   De tous pays bon seruiteur,
Mais de bien rencontrer c'est heur.   xi

xii.   Cest enfant a vn signe heureux,
D'estre plaisant & amoureux.   xii

i.   *Cest enfant grand espoir me donne*
D'aimer vertu & chose bonne.

ii. *Huiles, fourrage, & grains menus,*
Seront à bon marché tenus.

iii. *Ce iuge sera sage & bon,*
Mais qu'il ne soit surpris par don.

iiii. *A toy la fortune dispose*
D'auoir grand gain en ceste chose.

v.   *Croyez pour vray ce qu'il dira,*
Car d'vn seul mot n'en mentira.

vi. *Tu as grand nombre d'ennemis,*
Qui encontre toy se sont mis.

vii. *Quand le pauure aime pour le bien*
Ie n'en ferois conte de rien.

viii. *Souuent le fils que lon espere*
D'estre Roy, fait pis que son pere.

ix. *Il est temps de se mettre en voye,*
Pour en retourner à grand ioye.

x.   *Ieune il mourra soudainement*
Par son mauuais gouuernement.

xi. *Tu entreprens en trop haut lieu,*
On t'y pourroit bien dire à Dieu.

xii. *Cil que pour seruir on t'ameine,*
Regarde biens il est du Maine.

i.
Ne pense pas que soit grand heur,
Que d'auoir tousiours seruiteur.

ii.
Cest enfant n'aura son desir
Qu'à volupté & son plaisir.

iii.
Ie m'esiouys que ceste année
Aurons beaux bleds & grand' vinée.

iiii.
Ce iuge se maintiendra bien,
Car il ne veut qu'honneur & bien.

v.
En ceste chose tien toy seur
D'y auoir profit & honneur.

vi.
Tout ce qu'il vous a dit de bouche
Asseurez vous qu'au cœur luy touche.

vii.
Soyez affable, humain à tous,
Nul n'aura enuie sur vous.

viii
Pour bien vous dire verité,
Vn riche a plus d'authorité.

ix.
Le peuple est suiet à la loy,
Selon la loy aura son Roy.

x.
Attendez encor à demain
Pour entreprendre ce chemin.

xi.
Il viura tant comme il pourra,
Et puis en vieillesse mourra.

xii.
Vous aurez à vostre plaisir
Ce qu'a voulu le cœur choisir.

i.   *Vostre cœur en bon lieu aspire,*
Il obtiendra ce qu'il desire.

ii.   *Tu ne pourrois seruir toy mesme,*
Mais il te faut valet de mesme.

iii.   *Cestuy sera malicieux,*
Homme mondain & vicieux.

iiii.   *Trop chers seront(pour les fourrages)*
La chair,le beurre,& les fromages.

v.   *Ce iuge est sage & arresté,*
Bon pour regir vne cité.

vi.   *Du profit auras largement,*
Si t'y gouuernes sagement.

vii.   *Il parle peu,mais sa parole*
De l'abondance du cœur vole.

viii   *Mieux vaut qu'on ait de la moitié*
Sur toy enuie que pitié.

ix.   *Vn pauure aime le mieux souuent,*
Car l'honneur du riche se vent.

x.   *L'election est fort louable,*
Car on choisit homme capable.

xi.   *Si maintenant trop tu t'eslongne,*
Tu en auras honte & vergongne.

xii.   *Iennes ou vieux il faut mourir,*
Et ne s'en faut point enquerir.

i.

Il mourra(dont sera dommage)
Estant en la fleur de son aage.

ii.

N'y mets point si fort ton courage,
Car ne l'auras en mariage.

iii.

S'il te sert bien, traitte le bien.
Laisse le là s'il ne vaut rien.

iiii.

Tout son plaisir & son delice
Sera l'argent & l'auarice.

v.

De bleds ne vins n'aurons cherté,
Pourueu qu'il ne soit transporté.

vi.

Ce iuge est auaricieux,
Et d'honneur trop ambicieux.

vii.

Il aura s'il fait ce qu'il pense,
Peu de profit & grand despense.

viii.

Ne croyez pas ce rapporteur,
Car bien souuent il est menteur.

ix.

Ton compagnon qu'aimes le mieux
Est dessus toy trop enuieux.

x.

Il n'y a point d'affinité
Entre l'amour & pauureté.

xi.

L'election iamais ne faut,
Mais l'heritier souuent defaut.

xii

Tu peux cheminer seurement,
Car tu n'auras empeschement.

Commen

i. Commencez tost vostre voyage,
Vous le parferez sans dommage.

ii. La mort n'aura sur luy puissance,
Tant qu'il retourne à son enfance.

iii. Tu auras (si fais ton deuoir)
Ce que ton cœur souhaite auoir.

iiii. Si tu veux prendre vn seruiteur,
Enquiers toy bien s'il est menteur.

v. Cest enfant aimera l'honneur,
Et la vertu, car c'est son heur.

vi. Des fruicts aurons grand quantité,
De bleds bien peu, de vin cherté.

vii. Cestuy sera courtois & doux,
Et raisonnable dessus tous.

viii Tu as si bon sens & bon heur,
Que rien n'y perdras, i'en suis seur.

ix. A ce qu'il dit ne faut viser,
Il prend plaisir à desguiser.

x. Pour cestuy a tant fait fortune,
Qu'on n'a sur luy enuie aucune.

xi. Le riche a la force plus grande,
Argent fait tout ce qu'on demande.

xii. Le Roy fait par succession,
Mieux garde sa possession.

i. *Pour bien d'ses suiets entendre,*
Il vaut mieux le fils du Roy prendre.

ii. *Pour seurement tel chemin prendre*
Encor un peu vous faut attendre.

iii. *Il est predit sous son chapeau*
Que iamais n'aura vieille peau.

iiii. *Ostez cela de vostre cœur,*
Car vous ne l'aurez, i'en suis seur.

v. *Pour bien seruir & loyal estre*
C'est mal rencontré que d'un prestre.

vi. *Cela où plus voudra tascher*
Sera au monde, & à la chair.

vii. *Cherté de foins, & de bestail,*
Et tout ce qu'on vend en destail.

viii. *Ce iuge est par trop variable,*
Pour estre droit & raisonnable.

ix. *Quelque chose que saches faire,*
Tu perdras tout en cest affaire.

x. *Tout ce qu'il dit n'est euangile,*
N'en croyez qu'un mot entre mille.

xi. *Cestuy sera s'il n'est instruit*
Un iour par enuieux destruit.

xii. *Un amy pauure & vertueux*
Vaut mieux qu'un riche sumptueux.

i. *L'amour du riche est plus muable,*
Et selon le temps variable.

ii. *Le peuple a mauuais aduantage,*
Quand le royaume est heritage.

iii. *N'entreprens rien si de leger,*
Ou tu tomberas en danger.

iiii. *Cestuy viendra iusqu'à vieillesse,*
S'il ne fait tort à sa ieunesse.

v. *Tu auras malgré enuieux*
Ce que ton cœur aime le mieux.

vi. *Pour te seruir il n'est saison*
D'auoir vn prestre en ta maison.

vii. *Cestuy aimera le deduit*
Des ieunes dames iour & nuict.

viii *On aura cest an des biens tant*
Que tout aura prix competant.

ix. *Ce iuge est de bonne nature,*
S'il n'est deceu par sa luxure.

x. *Si tu ne fais à austruy tort,*
La chose viendra à bon port.

xi. *Estimez qu'en vostre presence*
Il ne dit pas tout ce qu'il pense.

xii. *Ne pensez estre (ou suis menteur)*
Sans enuieux & detracteur.

i.
Celuy que souuent tu conuie,
A dessus toy plus grand' enuie.

ii.
Bonne amitié ne prend adresse
Par pauureté, ne par richesse.

iii.
Le Roy esleu est agreable,
Et se sent bien plus redeuable.

iiii.
Si vous cheminez sagement,
Vous reuiendrez ioyeusement.

v.
Se tienne hardiment sur sa garde,
Car la mort de pres le regarde.

vi.
Si n'as ce que ton cœur desire,
Si auras tu qui doit suffire.

vii.
Pour te seruir à ton vsage,
Pren quelque garson de village.

viii.
Cestuy en saine conscience
Aimera vertu & science.

ix.
Tout ce qui se vend au marché
Sera cest an à bon marché.

x.
Ce iuge par son auarice
Est dangereux en son office.

xi.
Si en ce faict te conduis bien,
Tu gagneras beaucoup de bien.

xii.
Il a la langue aussi legere
Que le fuseau d'vne bergere.

i. *Il n'accomplira ceste chose*
En la maniere qu'il propose.

ii. *Voyez le au partir de l'estable,*
Cognoistrez s'il est profitable.

iii. *Fais maintenant ce qu'as enuie,*
Car la fortune t'y conuie.

iiii. *Il aura l'honneur qu'il desire,*
Mais que trop d'orgueil ne l'empire.

v. *A peine iamais reuiendra,*
Car vn pirate le prendra.

vi. *Cestuy doit mourir par raison*
Dedans l'enclos de sa maison.

vii. *Ces deux feront par leurs querelles*
Grande ouuerture aux maquerelles.

viii. *Pour bien à seruir t'employer,*
Tu en auras vn grand loyer.

ix. *Elle sera triste & chagrine,*
Et à religion encline.

x. *Ne commencez maintenant rien,*
Car il ne vous viendroit à bien.

xi. *En l'estat ou ce iuge est mis*
Acquerra beaucoup d'ennemis.

xii. *La chose prestée est perdue,*
Iamais ne vous sera rendue.

i.
Tu trouueras tout apresté
Au besoin ce qu'auras presté.

ii.
Il parfera finablement
Son entreprise entierement.

iii.
Ie ne te conseille d'entendre
A ce cheual qu'on te veut vendre.

iiii.
Pour le temps present ie t'aduise
Que fortune te fauorise.

v.
Laissez là cest honneur mondain,
Comme il vient il se pert soudain.

vi.
Nonobstant le vent & l'orage
La nef reuiendra sans dommage.

vii.
Pour accompagner gens meschans
Cestuy mourra parmy les champs.

viii.
Ces deux mariez ce me semble
Loyalement viuent ensemble.

ix.
Tu pourrois mourir en seruice,
Fortune ne t'est pas propice.

x.
Elle sera fort belle & sage
Pour bien gouuerner vn mesnage.

xi.
Ne soyez tant aspre & vrgent,
Sans regarder à vostre argent.

xii.
Tout le peuple l'aimera bien,
Pource qu'il est homme de bien.

i.
Cestuy se fera tant hayr
Qu'on ne luy voudra obeyr.

ii.
Le prest te rendra quoy qu'il tarde,
Si necessité ne l'en garde.

iii.
Il ne fera tout ce qu'il pense,
Il y faudroit trop grand despense.

iiii.
Ce cheual ne seruira bien,
Pour ton vsage ne vaut rien.

v.
Au parauant que de partir,
Garde toy de t'en repentir.

vi.
A la poursuite auras malheur,
Plus de profit & moins d'honneur.

vii.
Ce nauire est en grand danger
D'auoir naufrage ou submerger.

viii.
Il ne faut point auoir soucy
De mourir ailleurs ou icy.

ix.
Le mary loyal ne sera,
Mais bien elle s'en vengera.

x.
Pour en seruice auoir esté
Il acquerra grand liberté.

xi.
Mieux aimera le bas mestier,
Que d'aller chanter le psautier.

xii.
Pour faire vn œuure de durée
Ceste heure n'est pas asseurée.

i.   *Tu ne peux meilleur temps choisir*
Pour baſtir vn lieu de plaiſir.

ii.   *Il ſera fort doux & traittable,*
Et à tout le peuple agreable.

iii.   *Aſſez a bon vouloir de rendre,*
Mais il n'eſt preſt, il faut attendre.

iiii.   *En brief ſera la choſe faite*
Qu'en ſon cœur il penſe & ſouhaitte.

v.   *Prenez ce cheual ſans plus dire,*
Vous ne pourriez meilleur elire.

vi.   *Elle te veut fauoriſer,*
Mais garde toy d'en abuſer.

vii.   *Il paruiendra comme i'entends,*
A grand honneur en peu de temps.

viii.   *Ceſte nef bien toſt reuiendra,*
Dont vn grand heur vous aduiendra.

ix.   *Pour reſponſe luy doit ſuffire*
Qu'il mourra au lieu qu'il deſire.

x.   *Les enfans qu'aurons par moitié*
Seront les gages d'amitié.

xi.   *Son ſeruice plus qu'il ne penſe*
Luy donnera grand recompenſe.

xii.   *Elle ſera fort belle & gente,*
Et d'auoir mary plus contente.

i. *Ceste pucelle gracieuse*
Seroit sage religieuse.

ii. *Encor vn peu te faut attendre*
Pour ce bastiment entreprendre.

iii. *Ne trop aimé, ne trop hays*
Il ne sera, dont m'esbahis.

iiii *On te rendra prochainement*
Ce qu'as presté entierement.

v. *Il parfera ou tost ou tard*
De son desir la plus grand part.

vi. *Qui ce cheual achetera,*
Croyez qu'il s'en repentira.

vii. *Fais maintenant ce qu'il faut faire,*
Vn autre temps sera contraire.

viii. *Fortune quand serez à mont*
Tournera voz pieds contremont.

ix. *Si ceste ne freuient à port*
Onques Iason ne fit plus fort.

x. *Cil qui à bien viure regarde,*
Ou il doit mourir ne prent garde.

xi. *Il est loyal, & elle aussi,*
L'vn de l'autre n'aye soucy.

xii. *Pour vn verre que casseras*
Hors de ton seruice seras.

i. *Il seruira si loyaument*
    Qu'il en aura contentement.

ii. *Ceste aimera dés sa naissance*
     Sentir la mondaine plaisance.

iii. *Tu peux commencer si tu veux,*
      Mais d'attendre vn peu ferois mieux.

iiii. *Pource que bon iuge sera,*
       Le commun peuple l'aimera.

v. *Tu ne verras en ton hostel*
    Iamais ton prest ne tost ne tel.

vi. *Sa volonté accomplira,*
     Et nul ne luy contredira.

vii. *Ce cheual est de bon seruice,*
      Prenez le, car il n'a nul vice.

viii. *Or maintenant ie t'importune,*
       Poursuis le cours de ta fortune.

ix. *Tu veux monter plus que ne dois,*
     On te donra dessus les doigts.

x. *La nef est trop en mer experte,*
    Pour y souffrir danger ou perte.

xi. *A mourir tu es inuité*
     Au lieu de ta natiuité.

xii. *Si leur loyauté long temps dure,*
      Certes sera grand auenture.

i. Soit au mary ou à la dame,
Ie ne voy rien digne de blasme.

ii. Pour bien seruir vn grand seigneur,
Tu paruiendras à grand honneur.

iii. Elle sera vn peu soudaine,
D'aimer la plaisance mondaine.

iiii. Ceste heure n'est pas conuenable,
Pour commencer maison manable.

v. Par sa gloire & ambition
Sera sans reputation.

vi. Prenez bien garde du surplus,
Car ce prest cy ne l'aurez plus.

vii. Cestuy ne viendra pas à bout
De son entreprise du tout.

viii. Ce cheual ne faut acheter
Sans bien le faire visiter.

ix. Si tu fais ce qu'as entrepris,
Tu en pourras estre repris.

x. L'ambition & l'auarice,
En lieu d'honneur te donront vice.

xi. La nef en mer si fort balance,
Qu'il n'y a pas grande esperance.

xii. Le monde est pays à tous commun,
Quelque part qu'on meure est tout vn.

i. Cestuy mourra en pays estrange,
Si sa fortune ne se change.

ii. Ie n'y voy pas grand loyauté,
Chacun le fait de son costé.

iii. Qu'il serue bien tant qu'il pourra,
Iamais aux biens ne se verra.

iiii. A ses parens obeyra,
Mais en religion n'ira.

v. Vn autre temps tu eliras,
Pour le logis que bastiras.

vi. Cestuy sera d'aucuns aimé,
D'autres hay & diffamé.

vii. Ne vous doutez, on vous rendra
Vostre prest quant à point viendra.

viii. De ce que fol pense souuent,
Autant en emporte le vent.

ix. Ce cheual n'est de bonne sorte,
Cherchez vn autre qui vous porte.

x. Plus ne t'enquiers, vn bon affaire
Pour quelque chose ne differe.

xi. Ie ne m'attens pas qu'il aduienne
Qu'à tel honneur cestuy paruienne.

xii. Il n'en reuient pas de cent vne,
Croyez qu'elle a quelque fortune.

i. *La nef viendra à sauueté,*
En quelque part qu'elle ait esté.

ii. *Cestuy dessus son territoire*
Lairra ce monde transitoire.

iii. *On n'eust sceu mieux les accoupler,*
Dieu vueille leur aage doubler.

iiii. *Tel en seruice est arresté*
Qui l'a plus doux que liberté.

v. *Ceste sera d'honneste vie,*
Et de bien faire aura enuie.

vi. *Ores tu peux bien seurement*
Assoir le premier fondement.

vii. *Pour sa bonté & grand prudence*
Chacun l'aura en reuerence.

viii. *Ne prestez à telle personne,*
Car ce qu'on luy preste on luy donne.

ix. *Tu accompliras à loisir*
Tout ton vouloir & ton desir.

x. *Prenez le cheual qu'on veut vendre,*
Car vn meilleur ne pourriez prendre.

xi. *Pour le present ne te desplaise,*
Si tu as fortune mauuaise.

xii. *Si tu as credit & faueur*
Tu paruiendras à cest honneur.

i.
Il veut à trop grand honneur tendre,
Il en pourroit bien bas defcendre.

ii.
Le nauire eft en pleine mer,
En bien grand danger d'abifmer.

iii.
En quelques pays que tu demeures,
En ce lieu faudra que tu meures.

iiii.
Si le mary en eft en coulpe,
On luy fera de tel pain fouppe.

v.
Par le feruice qu'il veut faire
Accomplira vn grand affaire.

vi.
Cefte aimera plus volontiers
Le ieu d'amours que les monftiers.

vii.
Ne baftis point cefte iournée,
Car elle eft trop mal fortunée.

viii.
Il acquerra l'inimitié,
Pour eftre iuge fans pitié.

ix.
Il aura fon preft au befoin,
Sans pour ce faire en prendre foin.

x.
Certes ouy, car la fortune
T'eft fauorable & oportune.

xi.
Il a quelque vice caché,
Dont de long temps eft entaché.

xii.
Tu as la fortune & le temps
Pour paruenir ou tu pretens.

i. *Le temps est propre & agreable*
D'auoir fortune fauorable.

ii. *La chose ou il tend n'est pas grande,*
Aussi aura ce qu'il demande.

iii. *Tout ce qui est dans la nauire*
Viendra au port que lon desire.

iiii. *La mort n'aura sur toy puissance*
Sinon au lieu de ta naissance.

v. *Ces deux icy (tant s'aiment fort)*
Ne feront l'vn à l'autre tort.

vi. *Tes parens t'ont laissé seulet*
Pour à iamais estre valet.

vii. *Ceste n'aura affection*
Au monde, ains à religion.

viii. *Le mois de Mars est plus propice*
Pour commencer ton edifice.

ix. *Pour estre gracieux & doux*
Il se fera aimer de tous.

x. *Iamais ne vous sera rendu*
Qu'il ne vous soit bien cher vendu.

xi. *De cest amour ne fais poursuite,*
Le repentir est à la suite.

xii. *Ce cheual n'est pas des meilleurs,*
Il vous en faut pouruoir ailleurs.

i. *Regardez à mont & à val*
Auant que prendre ce cheual.

ii. *Va t'en ailleurs, car pour cest heure*
Fortune t'y sera meilleure.

iii. *Cestuy plus grand honneur merite,*
Qu'il obtiendra à la poursuite.

iiii. *Vous ne verrez de la sepmaine*
Ceste nef, car le vent l'emmeine.

v. *Si en son pays a sepulture,*
Certes sera grand aduenture.

vi. *Quant à la femme i'en fais doute,*
Mais l'homme est loyal somme toute.

vii. *Pour auoir liberté aucune*
Trop luy resiste sa fortune.

viii. *Ceste sera trop plus idoine*
A vn mary, qu'auec vn moine.

ix. *Si tu en veux mon conseil prendre,*
Ie te conseille encor attendre.

x. *Ce iuge sera equitable,*
Et toutesfois peu agreable.

xi. *La debte auras, elle est certaine,*
Mais ce ne sera pas sans peine.

xii. *Si ton honneur tu aime & prise,*
Ne poursuis point ceste entreprise.

L'heur e

i.	*L'heure n'est pas bien à souhait* *Pour commencer quelque grand fait.*
ii.	*Si tu vis bien, n'aye point crainte* *De mal mourir, & par contrainte.*
iii.	*Ains que l'an passe receuras* *Vn grand bien, dont ioyeux seras.*
iiii.	*Poursuis viuement cest office,* *L'heure & le temps y est propice.*
v.	*Ce pelerin à grand meschef* *Viendra de son voyage à chef.*
vi.	*Sans faire tort à sa nature* *Aura louable sepulture.*
vii.	*Mieux vaut dissimuler l'affaire,* *Qu'estre ialoux, ou bien se taire.*
viii.	*Dans certain temps guerir pourra,* *Mais s'il renchoit il en mourra.*
ix.	*Le plus beau ieu que vous conseille,* *C'est de dormir quand on sommeille.*
x.	*Cest œuure semble estre parfait,* *Mais il ne fut iamais bien fait.*
xi.	*Cestuy en veut par tout chercher,* *Prendre profit & point prescher.*
xii.	*De bien payer a bon vouloir,* *Mais le pis est qu'il n'a pouuoir.*

O

i.	*Par son bon sens & diligence* *En brief aura de vous quitance.*	i.
ii.	*On ne peut meilleur temps elire* *Pour commencer ce qu'on desire.*	ii
iii.	*Peine & labeur aura tousiours,* *Aussi bien finera ses iours.*	ii
iiii.	*Il ne faut point estre estonné* *Si cest an es mal fortuné.*	iii
v.	*Ne tarde plus, car il est temps* *De pourchasser ce que pretens.*	v
vi.	*En tel endroit il passera* *Qu'à iamais esclaue sera.*	v
vii.	*Il mourra de mort violente,* *Et croy qu'il n'en pert que l'attente.*	v
viii.	*N'aye aucun doute de ta femme,* *Car elle est bonne & sage dame.*	vi
ix.	*Il guarira, traittez le bien,* *Les medecins n'y feront rien.*	ix
x.	*Pour tous voz ieux en quelque lieu,* *Ne perdez à seruir à Dieu.*	x
xi.	*Ce bastiment est bon & seur,* *Il ne faut point en auoir peur.*	x
xii.	*Ce prelat duquel on deuise,* *Est digne de plus grand' eglise.*	x

i.   Cestuy, pour dire en verité,
N'est propre à telle dignité.

ii.   Iamais bon payeur ne sera,
Ains tout son bien despensera.

iii.   On ne pourroit pire heure prendre,
Pour quelque grand œuure entreprendre.

iiii.   Apres la mort on cognoist l'heur
D'vn personnage, ou le malheur.

v.   Plaindre ne te dois de fortune
Si passes l'an sans perte aucune.

vi.   Poursuis, car cil qui a puissance
T'en fera don sans resistance.

vii.   Combien qu'il soit robuste & fort,
En danger sera de la mort.

viii.   Cestuy mourra soudainement
Par vn rigoureux element.

ix.   On n'en viendra iamais à bout,
Tant qu'on l'ait fait cocu du tout.

x.   Il en mourra sans doute aucune,
Mais quoy? c'est chose à tous commune.

xi.   Il fait bon aller à la chasse,
Et suyure le lieure à la trasse.

xii.   Il n'est pas seur de s'y fier,
Mieux vaudroit le r'edifier.

i.　　Cest edifice a pris son ply,
Il est bien fait & accomply.

ii.　　Il est digne de plus grand bien,
Mais que chastement viue, & bien.

iii.　　Il a bien moyen de tout rendre,
S'il y vouloit vn peu entendre.

iiii.　　Cest' heure est bonne & agreable
Pour faire quelque œuure louable.

v.　　Il aura tant de bien & d'aise
Que la fin en sera mauuaise.

vi.　　Pour cest an cy ie luy ordonne
Que sa fortune sera bonne.

vii.　　Ie te pry n'en faire poursuite,
Car long temps seras à la suite.

viii.　　Si le pelerin estoit sage
N'entreprendroit ce long voyage.

ix.　　En ton lict de mort douce & belle
Defaudras comme vne chandele.

x.　　S'il est ialoux c'est tresmal fait,
Car ell' n'a point vers luy forfait.

xi.　　Il guarira pour ceste fois,
Qu'il se garde bien toutesfois.

xii.　　Prenez esbat (s'on m'en veut croire)
A bien manger, & à bien boire.

i. *Pour ton esprit mettre à deliure*
Tu ferois bien lire en vn liure.

ii. *Selon la matiere, l'ouurage*
Est assez bon pour ton vsage.

iii. *Ce beau pasteur, de son troupeau*
Prendra & la laine & la peau.

iiii. *L'auarice le tiendra serre,*
Dont sera dur à la desserre.

v. *N'estimez point que d'vn iour l'heure*
Soit pire que l'autre, ou meilleure.

vi. *Tu es mauuais, subtil & fin,*
En danger de mauuaise fin.

vii. *A peine passeras l'annee*
Sans malheureuse destinee.

viii. *Tu l'obtiendras sans resistance,*
Mais il te faut payer finance.

ix. *Il deuoit bien son congé prendre,*
Car son retour ne faut attendre.

x. *Cestuy doit mourir (sans fortune)*
De mort naturelle & commune.

xi. *La ialousie en ton cerueau*
Te fera nommer Ian le veau.

xii. *Ce patient (quoy qu'on en die)*
Mourra de ceste maladie.

i. *Il guarira finablement,*
Moyennant le bon traittement.

ii. *Tirer de l'arc & l'arbaleste*
Est vn esbatement honneste.

iii. *Cest edifice en cest endroit*
N'est basti ne bien ny à droit.

iiii. *Le peuple doit prendre à bon heur*
D'auoir vn tel prelat d'honneur.

v. *Si sa fortune est bien menée,*
Il sera quite ceste année.

vi. *Pour commencer chose qui plaise*
Cest' heure n'est pas trop mauuaise.

vii. *Si son affaire bien ordonne,*
La fin n'en peut estre que bonne.

viii. *L'an sera fascheux à passer,*
Mais l'autre est pour recompenser.

ix. *Tu auras la faueur si grande,*
Que l'on ottroyra ta demande.

x. *Cestuy est sage & bien apris,*
Il n'a garde d'estre surpris.

xi. *Ayant vescu iusqu'à son terme,*
En son lict mourra ie l'afferme.

xii. *Il mescroit sans cause sa femme,*
Qui ne merite tel diffame.

i.   *S'il est ialoux c'est à grand tort,*
Sa femme est bonne & l'aime fort.

ii.   *Ce malade (combien qu'il tarde)*
Est pour mourir s'on n'y prend garde.

iii.   *La paume, la balle , & la lice,*
Donnent au corps grand exercice

iiii.   *Tel bastiment porte la mine*
De tomber bien tost en ruine.

v.   *Ce prelat n'est pas suffisant,*
Il seroit mieux ailleurs duisant.

vi.   *Tels gens on peut bien tenir quites,*
Ce sont payeurs de pommes cuites.

vii.   *Cest heure de soy n'est pas bonne,*
Differe vn peu ie te l'ordonne.

viii.   *Tel bien heureux se repute estre*
A qui lon prepare vn cheuestre.

ix.   *Ceste annee sera muable,*
Et la fortune variable.

x.   *Demande luy ce que voudras,*
A ceste heure tu l'obtiendras.

xi.   *C'est tresmal pour faire vn voyage*
Laisser sa femme & son mesnage.

xii.   *Il doit mourir par cas fortuit,*
Dont l'effect de bien pres le suit.

i. *Il mourra naturellement,*
Ayant vescu bien longuement.

ii. *A tort sur elle as fantasie,*
Pis fera pour ta ialousie.

iii. *Cestuy mourra, aussi feront*
Tous ceux qui pres de luy seront.

iiii. *Auec les dames deuiser*
Est beau ieu, sans en abuser.

v. *De ce logis l'acheuement*
Est meilleur que le fondement.

vi. *Ce prelat n'est point à ma guise,*
Pour bien gouuerner vne eglise.

vii. *Ores qu'il en eust le pouuoir,*
Iamais n'en fera son deuoir.

viii. *Ne commencez maintenant rien,*
Si vous voulez qu'il vienne à bien.

ix. *La fin de cest homme est douteuse,*
Ou d'estre bonne, ou malheureuse.

x. *Cest an auras peine & soucy,*
Bonne fortune auras aussi.

xi. *Tu n'obtiendras à ton attente,*
Si quelque amy ne te presente.

xii. *Ce pelerin qu'on me recense*
Viendra plustost que lon ne pense.

i. *Ce pelerin, n'en doutez point,*
Reuiendra sain & en bon point.

ii. *S'on te poursuit, va t'en grand erre,*
Car tu dois mourir à la guerre.

iii. *Ne faut pas croire vn faux rapport,*
On est souuent ialoux à tort.

iiii. *Il guarira, & en auant,*
Sera plus sain qu'au parauant.

v. *C'est ieu d'esprit que les eschez,*
Mais que du temps ne vous faschez.

vi. *Ie n'en puis autre chose dire,*
Sinon que n'y treuue à redire.

vii. *Cestuy est bon, sage & prudent,*
Mais on a sur luy quelque dent.

viii. *Il payera sans nulle doute*
Aux crediteurs la somme toute.

ix. *Pour quelque chose encommencer*
Ie te conseille t'auancer.

x. *Si tu vis en homme de bien,*
Iamais ne fineras que bien.

xi. *Soit en proffit ou en honneur,*
Cest an auras quelque bon heur.

xii. *L'heure n'est pas (quant à present)*
Bien propre, s'on ne fait present.

i.   Si tu poursuis sans differer,
Tu l'auras, i'en puis asseurer.

ii.   Ce pelerin est en peril
D'estre à mort mis, ou en exil.

iii.   Il doit mourir de mort estrange,
Si sa fortune ne se change.

iiii.   Ne mets rien en ta fantasie
A tort ou droit pour ialousie.

v.   Il est (si remede on n'y donne)
En grand danger de sa personne.

vi.   La lucte, la barre, & l'escrime
Rendent l'homme plus magnanime.

vii.   De cest œuure le fondement
N'est pas assez profondement.

viii.   Il ne faut point qu'il se desguise,
Mieux vaut aux armes qu'à l'eglise.

ix.   De tout ce qu'il empruntera
Iamais ne s'en acquitera.

x.   Pour commencer ce qu'il propose
Cest' heure n'est pas bien dispose.

xi.   S'il meurt bien ce sera merueille,
Car sa vie aura fin pareille.

xii.   Si tu as fortune qui plaise,
En autre endroit l'auras mauuaise.

i.   *Cestuy, selon sa destinee,*
Sera fortuné ceste annee.

ii.   *Ne t'attens point à la promesse,*
On t'y fera quelque finesse.

iii.   *Il auoit au voyage enuie,*
Dont peut estre en perdra la vie.

iiii.   *Il mourra sans aucun secours,*
N'ayant fait son naturel cours.

v.   *Ne sois ialoux sans grand'raison,*
Car on diffame sa maison.

vi.   *Il guarira quoy qu'il attende,*
S'il a medecin qui s'entende.

vii.   *Aux doux instrumens de musique*
Vn bon esprit souuent s'applique.

viii.   *Cest œuure ainsi paracheué*
Est bien fait, & bien esleué.

ix.   *Cestuy seroit assez propice,*
S'il n'estoit si enclin à vice.

x.   *Il payra sans qu'on le moleste,*
Et en aura assez de reste.

xi.   *Cest'heure est bonne & bien heureuse*
Pour faire quelque œuure amoureuse.

xii.   *Qui bien fera bien trouuera,*
Ou l'escriture mentira.

i.	Il faut bien faire & viure, à fin Que bonne vie ait bonne fin.
ii.	Plus on a soin de sa fortune, Plus elle fasche & importune.
iii.	Fais en toymesmes la requeste, Tu auras profit à la queste.
iiii.	Ce pelerin se maintiendra Si sagement, qu'il reuiendra.
v.	Laissez l'auarice mondaine, Que ne mourez de mort soudaine.
vi.	Ne sois ialoux dessus ta femme, Qu'on ne t'en donne plus grand blasme.
vii.	Iamais ne fera longue traitte, Si plus sagement ne se traitte.
viii.	Cartes & dez sont trop coleres, C'est pour gens dignes de galeres.
ix.	Cest œuure est fait subtilement, Et durera fort longuement.
x.	Ce prelat est de grand prudence, Et de tresbonne conscience.
xi.	Il payera tout quoy qu'il s'absente, Et n'y perdra lon que l'attente.
xii.	Si tu es homme de raison Tien toy ce iour en ta maison.

i. *L'œuure dont mention est faite,*
Ne sera pas du tout parfaite.

ii. *Cestuy n'est pas beaucoup aimé,*
Mais mal voulu & fort blasmé.

iii. *Ce qu'il attend il obtiendra*
Par vn bon heur qui luy viendra.

iiii. *En quelque endroit qu'il vueille aller*
Tousiours fera de luy parler.

v. *Pour estre moine ou bon messire,*
On le fera comme de cire.

vi. *La melancolie & tristesse*
Luy abbregeront sa ieunesse.

vii. *Il pensera plus à richesse,*
Qu'en guerre auoir bruit & prouësse.

viii. *Cestuy cy trainera long temps,*
Et ne guarira qu'au printemps.

ix. *Pour bien accomplir vn message*
Ce messager n'est gueres sage.

x. *Sa pensee à bonne fin tend,*
Poursuyue, aura ce qu'il pretend.

xi. *C'est vn prelat de maugouuerne,*
Qui n'est bon que pour la tauerne.

xii. *A tous fera mal gracieux*
D'estre trop auaricieux.

i.   *Il sera large & liberal,*
Ayant le cœur noble & Royal.

ii.   *Ceste chose finablement*
Se parfera louablement.

iii.   *Cestuy n'est ennemy d'aucun,*
Mais a la faueur d'vn chacun.

iiii.   *De l'esperance m'esmerueille,*
Que c'est le songe d'vn qui veille.

v.   *Ailleurs aura ce qu'il souhaite,*
Mais en son pays nul n'est prophete.

vi.   *Trop a l'esprit haut & volage*
Pour prendre vn froc pour heritage.

vii.   *Il n'aura fascherie aucune*
Par accident, ne par fortune.

viii.   *Cestuy sera homme de faict,*
De bon conseil & grand effect.

ix.   *Que de son mal ne soit marry,*
Assez à temps sera guary.

x.   *Ce messager est bien discret,*
Fidele, loyal & secret.

xi.   *Point ne demeure en beau chemin,*
Puis que fortune tend la main.

xii.   *Il sera de si bon affaire,*
Qu'il ne pourra que tout bien faire.

i. Cestuy n'est pas pour gouuerner
Qui veut tout prendre & rien donner.

ii. Ainsi despendra ses deniers
Que s'il en auoit pleins greniers.

iii. Ce que tu as determiné
Ne sera pas à chef mené.

iiii. Il a grand nombre d'ennemis,
Sa fortune ainsi l'a permis.

v. Qui trop entreprent & conçoit,
Son esperance le deçoit.

vi. Tu auras honneur & puissance
Au propre lieu de ta naissance.

vii. Sa nature est melancolique,
Et propre à l'estat monastique.

viii. Quelque fortune accidentale
Auancera sa mort fatale.

ix. Cest enfant sera sans faintise
De grand prouësse & vaillantise.

x. S'il n'y donne ordre promptement,
Sera malade longuement.

xi. Ce messager est langager,
De s'y fier y a danger.

xii. Ton esprit tend à haute chose,
Point ne fera ce qu'il propose.

i. *Ce qu'à present ton cœur pretend*
Se doit pourſuir comme il l'entend.

ii. *Sa prouidence ſera bonne,*
Si volupté ne le deſtourne.

iii. *Sur tous ſera en general,*
Fort magnifique & liberal.

iiii. *Ceſt œuure(mais qu'on y entende)*
Se parfera,quoy qu'il attende.

v. *Pour le bien qui en luy abonde,*
Il eſt aimé de tout le monde.

vi. *Il obtiendra ſans contredit,*
La choſe que ſon cœur luy dit.

vii. *Ce te ſera bien le plus court,*
Pour paruenir d'aller en court.

viii. *Pour eſtre vn gros abbé profes,*
Il en portera bien le faix.

ix. *Il n'aura rien qui le deuie*
D'acheuer ſon vray cours de vie.

x. *Ceſt enfant n'eſt pas né aux armes,*
Mieux aimera ſuyure les dames.

xi. *Il guarira ſans arreſter,*
Mais qu'il ſe face bien traitter.

xii. *Il eſt aſſez bonne perſonne,*
Mais que par force on ne l'eſtonne.

i.	Ie t'asseure du messager, Qu'il n'est point sot ne mensonger.
ii.	Si tu poursuis ton entreprise, Iamais à fin ne sera mise.
iii.	Il gouuerneroit sagement, Dieu luy doint viure longuement.
iiii.	Il ne fera pas grand despense, De peur d'auoir quelque indigence.
v.	Cest œuure se parfera bien, Par bon esprit & bon moyen.
vi.	Cestuy est si fort à blasmer, Qu'à peine on le pourroit aimer.
vii.	De trop esperer c'est sottie, Suffise d'en auoir partie.
viii.	N'espere au lieu de ta naissance, De grans biens auoir iouyssance.
ix.	Ce n'est pas sa complexion De viure en contemplation.
x.	Il mourra par son propre faict Pour quelque exces qu'il aura fait.
xi.	Il n'aimera guere la guerre, Mais viure en paix dessus sa terre.
xii.	S'il ne s'efforce & prent vigueur, Il sera long temps en langueur.

Ie

P

i.	*Elle sera (quoy qu'on en die)* *Fort longue ceste maladie.*
ii.	*Ce messager est bien loyal,* *Fiez vous y sans penser mal.*
iii.	*Ton entreprise est vertueuse,* *Poursuis, la fin sera heureuse.*
iiii.	*Il fera si bien son deuoir,* *Qu'il en doit grand honneur auoir.*
v.	*Il despendra beaucoup du sien,* *Mais tout à honneur & à bien.*
vi.	*L'heure ou tu as affection* *N'aura iamais perfection.*
vii.	*Pour bien aimer on est aimé,* *Pour bien faire on est estimé.*
viii.	*Ce qu'il espere tost ou tard* *Aduiendra, au moins bonne part.*
ix.	*Il n'a de vertu aucun signe,* *Aussi d'honneur n'est pres ne digne.*
x.	*S'il est marqué ou mal adextre,* *C'est son cas de le faire prestre.*
xi.	*Garde toy bien de paillardise,* *Tu n'auras rien qui plus te nuise.*
xii.	*Cestuy aura sur tous le bruit* *D'estre vaillant & bien instruit.*

i. Cest enfant s'il est bien instruit,
Par sa prouësse aura bon bruit.

ii. Si ceste maladie est griefue,
Aussi pour vray ell' sera briefue.

iii. Ie le vous puis certifier,
Qu'il n'est pas seur de s'y fier.

iiii. Tu entreprens trop de leger,
Garde d'en tomber en danger.

v. Ne pensez pas qu'il face rien,
Pour l'estimer homme de bien.

vi. Rien de ses biens qu'il gaignera,
A ses amis n'espargnera.

vii. L'œuure aura son acheuement,
Si le seigneur vit longuement.

viii. Sois en tes affaires veillant,
Car tu n'es pas sans maluueillant.

ix. De ce que fol pense souuent,
Autant en emporte le vent.

x. Si cestuy doit honneur acquerre,
Ce sera en estrange terre.

xi. Qui religieux le feroit,
En brief son froc delaisseroit.

xii. Par nous la fin s'auance ou tarde,
Qui s'en peut garder si s'en garde.

P 2

i.   *Pour faire exces presque toustiours,*
Bien fort auanceras tes iours.

ii.   *Aux armes ne sera idoine,*
Il vaudra mieux le faire moine.

iii.   *Estimez sans point en mentir,*
Qu'il s'en pourra long temps sentir.

iiii.   *Cestuy est conuoiteux d'argent,*
Et si n'est gueres diligent.

v.   *Poursuis hardiment l'entreprise,*
Car à bonne fin sera mise.

vi.   *S'il ne se garde d'auarice*
Iamais ne fera bien l'office.

vii.   *Il sera tant chiche & auare,*
Qu'il n'aura dieu que le denare.

viii.   *Commencez tant qu'il vous plaira,*
Tel œuure ne s'accomplira.

ix.   *Tu es trop fascheux (dire i'ose)*
Si lon te hait tu en es cause.

x.   *Son esperance luy faudra,*
Du tout rien ne luy aduiendra.

xi.   *En quelque lieu que cestuy aille,*
Il n'acquerra honneur qui vaille.

xii.   *Qu'il soit plustost prestre ou chanoine,*
Car seroit vn diable de moine.

i. | *Il a plus grand' deuotion*
Au monde qu'à religion.

ii. | *Par auarice & par enuie*
Abbregeras l'heur de ta vie.

iii. | *On peut iuger dés son ieune aage*
Qu'il sera vaillant personnage.

iiii. | *S'il est ieune en brief guarira,*
S'il est vieil long temps languira.

v. | *Il est fidele messager,*
Mais il est vn peu mensonger.

vi. | *Commence & poursuy viuement,*
A chef en viendras brieuement.

vii. | *Si prudemment gouuernera*
Que chacun s'en contentera.

viii. | *Il vsera toute saison*
De sa richesse par raison.

ix. | *Cest œuure à temps s'accomplira,*
Dont le seigneur s'esiouyra.

x. | *Tu es, qui me rend esbahy,*
De tous aimé, de nul hay.

xi. | *Ce qu'il espere il obtiendra,*
Ou la fortune luy faudra.

xii. | *Iamais n'acquerra grand loyer,*
Pour demourer en son foyer.

i. A grand honneur ne paruiendra,
Voise en quelque lieu qu'il voudra.

ii. Il aimera mieux le butin
Et les armes, que le Latin.

iii. Il est paistry de bonne paste,
Il n'y a chose qui le haste.

iiii. Cestuy sera humain & doux,
Et preux aux armes dessus tous.

v. La maladie qu'on propose
A long temps durer se dispose.

vi. Ce messager fait bonne mine,
Garde toy bien qu'il ne t'affine.

vii. Ie te conseille laisser tout,
Car n'en viendras iamais à bout.

viii. Ce prelat n'est pas en effect,
Pour iamais faire vn seul beau faict.

ix. Eust il d'escus pleine maison,
Il les despendra sans raison.

x. Cest œuure ainsi que tu l'entens
Ne s'accomplira de long temps.

xi. Tu feras tant que tes amis
En fin seront tes ennemis.

xii. Frustré sera de ce qu'il pense,
Mais il en aura recompense.

i. Il obtiendra si peine y met,
Ce qu'esperance luy promet.

ii. Il acquerra assez d'honneurs,
Au propre pays & ailleurs.

iii. S'il ne vaut rien faictes le moine,
Il y sera propre & idoine.

iiii. Le grand trauail, labeur & peine,
Abbregera sa vie humaine.

v. Cestuy sera bien de la taille
D'aimer mieux danses que bataille.

vi. S'on le veut tost faire guarir,
Le faut promptement secourir.

vii. Cestuy est loyal & fidele,
Et viste comme vne arondele.

viii. Poursuis, car bien succedera,
Et la fortune t'aidera.

ix. Il gouuerneroit sagement
S'il pouuoit viure chastement.

x. Il vsera de sa largesse,
Selon sa puissance & richesse.

xi. Ceste chose se parfera,
Qui bien son deuoir en fera.

xii. Il n'a point si grans ennemis,
Que s'il veut il ne face amis.

i.   *Tu n'as ennemy apparent,*
Si ce n'est vn proche parent.

ii.   *De cest espoir ne te contente,*
Tu paruiendras à ton attente.

iii.   *Cherche l'honneur en terre estrange,*
En ton pays n'auras louange.

iiii.   *Sa ieunesse est trop bien apprise,*
Pour estre fait homme d'eglise.

v.   *Mais que bien viuant se maintienne,*
Ne luy chaille quand la mort vienne.

vi.   *Il sera voulontiers de ceux*
Qui sont couars & paresseux.

vii.   *Ce malade certainement*
Sera guary prochainement.

viii.   *Ce messager dont tu t'enquiers,*
Parfera bien ce que requiers.

ix.   *Ceste entreprise est fort douteuse,*
Ie crains la fin n'en estre heureuse.

x.   *Si sagement se maintiendra,*
Que sur luy exemple on prendra.

xi.   *Plus liberal que sa puissance,*
Si de son bien a iouyssance.

xii.   *Si plus grand peine tu n'y mets*
Il ne s'accomplira iamais.

F I N.